私の悲傷敘事詩

李紀——著

目錄

1. 序曲

童年的回憶常浮現腦海，像是從窗玻璃，也像是從鏡中。在晨霧中的迷茫裡，在暮色裡的模糊中。一片一望無際的海；一片遠及山邊的田園；一列連綿的山脈。從屏東市到恆春半島，沿路的風景就交織著這樣的圖案，這些圖案經常會回到我的思緒。

記得，每逢農曆新年快到的時候，母親就會帶我和二弟、三弟，從旗山的山城搭客運車，穿經旗尾、手巾寮，一大片一大片栽植白甘蔗的田野，經過里港溪來到屏東。那是從高雄縣境跨越到屏東縣境的路程。有時，是從旗山搭小火車，先到九曲堂，再轉乘高雄往屏東的火車，跨越高屏溪到屏東。屏東火車站前方就是公路局車站，客運車站就在隔鄰，許許多多旅客穿梭在成排等候發車的客運巴士之間。

叫賣便當、壽司的小販，叫賣包子、饅頭和冰水的小販，起起落落的韻律和節奏兼具的聲音使候車室像一個劇場。還有一包一包在紅色網袋裡的水煮蛋，附帶著鹽包。在小小孩子的眼中，都讓人感到出奇的喜歡。媽媽會買上一些，在沿途給我們吃。

班車並不多，常常坐滿了乘客，車子出發時，車廂中瀰漫了汽油味，又混合著汗水味的氣息，讓車廂有一種異樣的靜默。彷彿每一張臉都代表一顆被壓抑的心，有許多不想吐出口舌的心事。我常東張西望，看鄰座看前後的乘客。那麼嚴肅，他們也都要返鄉嗎？還是有其他行程？

公路局巴士一路往南，從逢甲路繞經圓環、經民生路，離開市區。經過麟洛、內埔，沿途較大的車站都有乘客上下。在潮州站休息較久，也有小販的叫賣聲，有些乘客會下車上廁所，有些乘客會打開車窗又向小販買一些吃的東西。再往南行駛，到了枋寮，也算是大站，看出有些人從火車站出來轉乘再南下。一九五〇年代，還沒有南迴鐵路，枋寮是縱貫鐵路從終點高雄站延伸路線的又一個終點，要前往台東的旅客須從枋寮轉乘經由楓港的公路車。

有時，我們也會先去在枋寮的阿姨家，她是媽媽的最小妹妹，從車城嫁來枋寮，家就在水底寮的漁港旁。姨丈在漁會做事，他們家常有許多海鮮。但大多時間，媽媽帶我們一路直接到車城，那要再經過楓港、枋山。從枋寮以南公路一路沿著海邊，走過沒有鋪上柏油的路面十分顛簸，車上常有人忍受不了汽油味和震動搖晃，向窗外嘔吐。這時候，媽媽就會叫我們向外看海，轉移注意力。

公路兩旁，沿途都是木麻黃，狹小的路面被夾在高大的行道樹之間。車輛並不多，偶而才有對向來車，在閃避時更為晃動。媽媽常在這時候拿出她手做的飯糰給我們吃。「會飫囉？」她會這麼說，對我們微笑。還不到三十歲的她，在我們三個孩子的心目中，很美。海在我們穿行的車輛右方，蔚藍的海在晴朗的日子有一種讓人舒爽的畫面，海浪夾帶白色浪花，一層一層來而復返重複著。看到海時，車子左方的風景已不再是遠及山邊的田園，而是近山的土地，高山也逐漸從高聳入雲平緩下來。

看到海口，我們知道車城就要到了。這是一個小鄉城，從這裡有通往四重溪溫泉的路，一直可以到牡丹鄉，沿恆春半島東岸到墾丁。這時媽媽會提醒我們準備下車，我會幫忙拿帶來的東西。下車後，我們通常不走經土地公廟福安宮的街路，而是沿圳溝的一條小路，走過許多家屋後方，走過二舅舅的碾米工廠，才走到街路上大舅舅的家。大舅舅家的鋸木場就在街路對面。外祖母常常坐在一進門的大廳，她看到我們會笑笑，媽媽會說：「叫阿嬤啊！」我們三個小孩異口同聲，會向外祖母問好，坐在客廳事務桌旁的大舅舅常笑著臉，把眼鏡提高到額頭，端詳著，並招呼我們。

車城是媽媽娘家所在。父親是恆春大埔人，家在城外的村落，離車城不遠。我們會先在車城的大舅舅家住下來，等除夕過後，新年初春才到祖父家。大舅舅家有多位表哥、表姊，分別在大學、高中就讀，寒假回來，好熱鬧。二表哥會帶我們去海邊，也會帶我們去土地公廟旁大街上的戲院看電影或看歌仔戲。我們幾個小毛頭也常常跟在二表哥後面，沿著種植洋蔥的小路，穿過一大片木麻黃防風林去看海。讀高中的二表哥會跟海防的士兵打招呼，走到海灘，許多寄居蟹在沙灘上爬行，身上揹著貝殼，有人走近，牠們就躲入沙灘上的小洞穴或石頭堆裡。

大舅舅家是二層樓的透天建築，有很長的縱深，前後都臨路巷，中間有個天井。我們住在後側二樓一間榻榻米和式房間，冬天晚上的落山風猛烈吹襲，窗戶卡啦卡啦作響。還沒有睡著時，聲音挺嚇人的，但幾個小孩依偎在媽媽身旁，談著談著就入睡了。外祖母通常一襲深色台灣衫，她喜歡坐在大廳後和室，她的房間邊沿，盤著腿嚼檳榔。而大舅舅坐在大廳一張大桌後的藤椅看報紙，他喜歡品頭論足、逗笑小孩。有時，他也到對面鋸木場去看師傅裁切原木。巨大的原木在轉動的線鋸被鋸成一片一片用材，線鋸通過的熱水蓄積在溫水池。我們跟二表哥在池裡泡澡時，就像泡溫泉池一樣。洗過熱水澡的夜晚，我們在落山風的風聲中沉沉入睡。

除夕夜，吃完年夜飯後，就是歡喜發紅包的時間。高高興興收下大舅媽給的紅包，然後都交給媽媽。這是以後讀書要用的，媽媽都會這樣說。反正，我們小孩也用不到錢，很開心地把紅包交給媽媽。新年當天，我們才去後面碾米工廠的二舅舅家拜年，順便留下來吃飯。二舅舅比較不苟言笑，我們這些小孩有些怕他。二舅舅家也有多位表哥、表姊，但印象中並不會帶我們這些小孩去玩。

新年期間，在恆春和枋寮的阿姨，也會帶家人來到車城的娘家，通常都在我們去祖父家拜年回來之後。記憶中，父親似乎沒有與我們一起回他家鄉祖厝過年，是媽媽帶我們回去，吃了年夜飯，領了紅包，與爸爸的親戚們見見面。父親的兄弟也都離鄉出外打拚，過年也會帶子女回鄉。祖父寡言，失明的祖母話語較多，她會用手撫摸我的臉龐，並叫我的名字。聽母親說，管事管錢的是祖母，讓小小的我感到好奇。祖父家是一座三合院，毗鄰幾戶人家，被栽種洋蔥的一大片田地和木麻黃包圍著，大埕前方有好幾棵椰子樹，有個姑姑就住在鄰近通往恆春的公路旁。人們都以縣城稱呼那個小鎮，只是地名標示恆春。

母親有許多姊妹，大阿姨嫁給恆春鎮上的富戶人家，經營瓊麻工廠，大姨丈還娶了姨太太。記得去過他們家幾次，但較為生疏。我們也會去恆春南門圓環旁經營五金店的二阿姨家，二姨丈很風趣，二阿姨人很好，是基督徒家庭。嫁到萬里堂海邊的三阿姨，圓圓的臉總是微笑著，三姨丈是恆春漁會總幹事，住家面對台灣海峽，海岸的咾咕石嶙峋綿延。走出門前，就是海邊，可以在礁石旁的沙灘玩水。小阿姨家在枋寮海邊，小姨丈也是漁會總幹事，人很風趣，常喝酒喝得滿臉通紅。母親帶我們這些孩子回到恆春半島時，我們一定會去萬里堂的三阿姨家吃飯，回程也會在枋寮的小阿姨家吃飯。有兩個阿姨已經不在了，只聽說小時候身體不好亡故了，母親也很少提起。

我常常不太確定，故鄉究竟在哪裡？雖然在旗山地區出生，但留存的童年記憶並不明晰，只記得鄰居有一位客家歐巴桑常來家裡走動，她家小孩也跟我玩在一起。對我來說，故鄉是恆春半島而不是旗山。故鄉不一定是出生的地方，而是童年生活的場域，這種想法是真的。

屏東縣南北狹長，原住民部落很多，客家聚落也多，我們應該是帶有原住民血緣的河洛人，說通行台語，因為小時候和客家小孩玩在一起，我也稍稍聽得懂客家話，「聽識」、「嘸會講」是我最記得的客家話。四叔娶了客家嬸嬸，人很和善，記得去他們家聽她和客家親戚交談，聲調不一樣的話語總是要仔細聽才懂一兩句。屏東的客家人大多會講通行台語，算是河洛人、客家人混居成為一體的例子。但河洛人不見得會講客家話，常常「聽嘸聽嘸」回應客家話的言說。

一九五〇年代的台灣，旅行還不是普遍的語彙，一年兩次，母親帶我們這些孩子的返鄉之旅，在她的話語裡是「轉去車城恆春」。那時候，在車城大舅舅家聽說我們其實還有一位大舅舅，日治時期去了中國上海，戰後音訊全無，也不知生死，現實裡好像沒有這位舅舅。日治時期，出任車城庄長的外祖父早就過世，只在大舅舅家的牆面看過照片。回去車城恆春的返鄉之旅應該就是在記憶裡最初的旅行了。

對於海，我有近乎迷戀的愛，對於山則是喜歡。我走向海、親近海；但看山、欣賞山。從屏東市到車城恆春是漫長的路。通往這條路的童年之憶，交織在山、海和田園之間。山是靜的，在視野裡矗立著；海是動的，似乎不曾平息，在視野裡奔騰；而田園的農作物，在風的吹拂裡搖曳。有山有海有田園的童年是美麗的風景畫。

美麗的風景畫也留下我難以言喻的悲傷。要上小學時，我並沒有在父母家的旗山入學，而是在車城寄居大舅舅家。在表姊任教的小學就讀。七歲的我，一個人走過福安街，經過福安宮這座香火鼎盛的土地公廟，揹著書包的我已不是隨母親南下的返鄉之旅，而是踏在自己人生之路。車城國小就在屏鵝公路上，側面的道路通往四重溪溫泉。在一個純樸的鄉村的這個小學，起自日治時期，是一所有年代的學校，母親小時候就讀過這所學校。

放學後，我常把書包放回住處，匆匆寫完作業，就一個人到海邊，連駐守的海防阿兵哥似乎也知道我，沒有攔查問話就讓我通過那一大片木麻黃防風林。坐在沙灘上的漂流木上看看海。夕陽西下的海面特別美麗，把蔚藍的海染成金黃色，航行的船隻在遠方向北或向南經過，相對渺小是一艘艘漁船點綴在前方。海似乎能紓解我的委屈和想念父母的心緒。它們要航向何方？我也會像那些船一樣，會走向不知名的遠方嗎？

大舅舅家的人對我很好，表姊在小學教書，一個表哥在外讀大學，再下來的一個表哥和表姊都在恆春讀高中，還有一個比我小的表妹，還未上學。晚上很早就入睡，但閉上眼睛有時會想起父母，偷偷掉眼淚，不知不覺就睡著了。念了小一上學期的寒假，母親來帶我回旗山，說下學期要轉學到屏東市區，住在公館的四叔家。一個學期的記憶混雜著許多影像存留在腦海，後來，媽媽也在舊曆年帶我們回到車城、恆春，但只是度假。

小學一年級下學期，轉學到屏東市的公館國小，寄居在四叔家。開學時，母親送我一路從旗山，搭客運車往里港到屏東，再轉客運車到公館。母親要離開的時候，我哭著倒在地上，四叔一把拉起我，交給四嬸帶回屋內。看著母親的身影消失時，我還一直哭。那個記憶一直沒有忘掉，但後來我就不再哭了。父母從旗山搬到鳳山後，父親曾想讓我轉學，住在家裡和弟妹一起生活，我也執意繼續在原來的國小讀到畢業。在屏東市考上初中後，也留在親戚家，成了父母唯一留在外面的孩子。

讀公館國小時，放學後常和同學去田裡玩。那時候，有些同學家裡種紅甘蔗，到甘蔗園去折斷甘蔗在圳溝洗過以後就啃起甘蔗，用牙齒咬掉甘蔗皮，一面啃一面咬，多汁的甘蔗就是自己的零食。天氣熱，大家脫掉衣服就在圳溝戲水。雖然沒有練習游泳，但玩著玩著就從狗爬式而蛙式，在緩緩的水流中游著游著，感覺一種自由自在。叔叔家有個同齡的堂弟，但並不同班，我反而常沒有和他一起玩。晚餐後做功課時，四叔家的小孩也在一起，大多是女孩，也只是各做各的事，倒是我記得，四嬸都要燙我的校服，而堂弟則不習慣穿燙平的校服，常常故意弄皺弄亂，顯得與眾不同。

讀初中時，四叔他們搬家，我改住到市區的五叔家。一樣只在寒暑假才回到自己家，但這時已不需母親陪同。父親的幾個兄弟都在屏東市，大多經營貨運交通業。大伯父的公司在屏東也有些名氣，伯母還選上縣議員，並與人合夥開設一家戲院。我常在週日去看免費的電影，印象裡的日本電影《風速四十米》是石原裕次郎主演的，而小林旭的電影是《流浪的吉他》。電影院就在五叔家不遠的復興路，另一旁就是頭前溪的河溝，因為一些家庭工廠的開設，有汙染的現象。

從五叔家到就讀的初中，要穿過屏東公園，學校前有一條台糖的小火車鐵道。這條鐵道一直延伸經過屏東中學到九如里港。放學的時候常有運送白甘蔗的小火車經過，行駛的速度很慢，男同學常群集一起從經過的小火車抽出甘蔗，而小火車的最後節車廂押送甘蔗的保警沿途吹著哨聲，有時也會跳下來追捕抽取甘蔗的學生。為了好玩，學生們與保警像在捉迷藏。學校的訓導人員常常告誡同學不得跟著小火車拉拔甘蔗。但講歸講，做歸做，就是禁絕不了這樣的事。

後來，我又搬到大伯父的公司旁，住到堂哥家。堂哥只小母親幾歲，他生母早過世，後來的大伯母是大伯父再娶的，據說父親因為擔心堂哥受後母欺侮，常為他說項，母親也相當照顧他。從五叔父家或從大伯父公司旁的堂哥家到學校，都要穿過公園。上學或放學經過公園時，我喜歡在公園水池旁的涼亭休息，有時候可以看到情侶划船，我常常望著他們。有時看到情侶親熱時，會笑起來。公園旁是仁愛國小和屏東女中。上學時或放學時常有小學生、初中生和高中女生在公園走動，大家都匆匆忙忙經過，不像我，有時會停留許久。

從小就住在外地的親戚家，也許因此而感到孤獨。有時候，我會在回住處的途中，在租書店停留看書。諸葛四郎和真平的漫畫、武俠小說，我都借來看。沉迷在課外書的我，也租借世界名著閱讀。我最喜歡國文課的作文了，二個小時的課，我常不到一小時就寫完，看起自已帶來的課外書，而老師也不會責備我。記得，三年級的國文老師姓邱，畢業於台大法律系，據說後來考取檢察官也離開教職了。

三年級暑假，父親建議我留屏東市的補習班加強準備高中升學。我選擇在屏東火車站廣場的勝利補習班參加高中升學班考試的課程，只在週末才回到已遷到鳳山的家。我在補習班下課時已晚上八點，搭八點多的柴油車回到鳳山已九點了。回到家中，母親都會為我準備點心，在我洗完澡後，陪我一起吃。在外讀書時較少感受到的母愛，讓我的心溫暖起來。有一晚，我在火車站候車時，碰見一位從南下火車下來的女生，不知怎麼，我對她笑了笑，她也微笑對我。意外的是，幾乎每個要回鳳山住家的週末，我都會在火車站遇見她。有一次，我看到她和一位和我在補習班同教室上課的男生互相打招呼，經我問起，才知道是他表妹。我問了她的名字，再一次碰到她時，我叫了她的名字。她知道是她表哥告訴我，笑得更燦爛。

就這樣，初中三年級下學期的補習班課程，我最高興的是週末要搭車回鳳山時，看到從高雄搭火車回屏東的她。她就是後來我稱呼她梨花的女孩。後來，她成了我的女朋友。我考上在高雄的高中，很高興回到在鳳山的家。留下連絡地址給我的梨花是屏東潮州人，在高雄念書，她在屏東市區也有家人。高屏線的火車成為我們戀情開始編織的一條軸線。

上了高中後，我回到家裡和弟妹們生活在一起。週末，我會和梨花約在高雄火車站入口大廳見面。在高雄補習的梨花後來就讀屏東東港的一所護校，我也曾去那個漁港鄉鎮找過她，但她又轉而報考一所在屏東的藥學專科學校。我們常在高雄和屏東的火車上見面，經過高屏溪鐵橋的時候，一邊的窗景是上游的山間，另一邊則是流向海的河床。有一回，我們還在九曲堂下車，走過鐵橋時還在側邊的站台停候火車通過。轟隆的火車聲讓梨花躲在我懷裡，而我緊緊擁抱她。

青春的戀歌撫慰了我孤獨的心靈，但我的學業也受到了影響。常常因為沒有見面時不知她的狀況而煩惱，有一次她在學校樓梯避開男同學的糾纏而摔傷了，更讓我苦惱萬分。在學業和戀情之間，好像我並不夠成熟，不能平心靜氣面對。從第一年第二年到了要跨入第三年，我又從家裡搬到高雄火車站旁學校附近，租了同學家的學生客房，但戀情的糾葛似乎緊緊的困擾我。想讓開梨花自己一個人飛，想從連帶中回到孤獨。徬徨少年時光成為序曲，在我人生的旅途響起。

2. 青春

初秋的南台灣，天空仍然頂著大大的太陽。上午時分，陽光照著高雄火車站前廣場，人群和車輛穿梭在四周，噪雜的聲音瀰漫在逐漸熱起來的空氣。理著光頭，一群報到入伍的充員兵聚集在車站側邊、指定報到的地點。報到登記完後，等待集合，要搭乘火車到位於台南隆田的一處新兵訓練中心入伍、受訓。

站在報到的人群之中，一臉徬徨的我看著大約同齡的不相識的準新兵，想到自己即將從學校轉而成為充員兵，有些因為前途的茫然而百感交集。我沒有讓家人來送我，看到隊伍旁群集的一些歡送人們，愈發覺得孤獨。其實，我是習慣了孤獨的。

決定離開尚未拿到文憑的高中，也決定要與初戀的女友分手。我習慣以梨花稱呼我初戀的女友，這與她的名字諧音。我們兩個高中生會陷入戀情，應該是偶然，但交織的戀情讓她與我在心情的起伏中都影響了學業。她從高雄轉往屏東去就讀一所新設的藥專，每逢假日我們在高雄或屏東相見，常常有一種會分離的感覺。高雄火車站就是我們常相約的地點，但如今是我要離開、遠行的地方。

來往高雄和屏東的火車，是我們戀情穿越的線型之旅。穿梭在兩旁青翠的稻田、跨越高屏溪大鐵橋的火車車廂曾經印記我和她求學的人生。那樣的記憶因為青澀的青春，熾熱的戀情而顯得永遠明晰，而我搭上前往台南隆田的新兵訓練中心報到卻是另外一種旅程，或許要走向另一種人生。

既然已決定分手，就要割捨原來已燃燒起來的戀情。但戀情並非說割捨就割捨，仍然在心裡攪動著。自己以不再升學的理由要與梨花分手，因為自己也許會走一條不一樣的路，也許會成為浪蕩兒漂浮在社會的角落，在世界的陰影裡咀嚼顛沛的人生。因為這樣的執念，我要放開梨花。千不肯萬不肯的她，後來反而走上訣別的道路。

火車站廣場旁，有一處靠近公路局車站的小小公園，有一晚，我和梨花在那兒相晤。我提議分手時，梨花百般不願。我們相擁著哭泣起來。初戀的感情在那樣的時刻是酸楚的。那一晚，我們又相約第二天一起去大貝湖。我習慣以大貝湖稱呼已被改名的澄清湖。在那兒，我們也只不斷地相擁、哭泣。後來，還一起去旅行，在我報名插班參加在台南的一所高中，實際並未認真考試的行程，一起投宿在台南火車站附近的旅館，烙印著別離前的愛戀記憶。

但，終究分離了。在進入火車站月台，搭乘列車時，我望了鐵軌兩旁一座又一座的月台，想一首台語歌曲〈離別的月台票〉。但沒有人來為我送行，那首歌曲成為離別的我心情的寫照。我並非在月台目送戀人離去，而是在列車上看著月台離我遠去，是我消失在月台。

駛離月台的列車上，同是要去報到入伍的新兵。大家互不相識，心情也各自不同。望著車窗外消逝的街景，望著半屏山，望著煉油廠煙囪，望著工業區的廠房一棟又一棟櫛比鱗次，望著田園，望著停駐時下車和上車的旅客。經過台南火車站後，不久，就到達隆田。我們下車，轉搭新兵訓練中心的軍車到入伍地，一一點名確認身分，並分發了制服，分配了床位，成為受訓新兵。

入伍時，我除了簡單衣物，只帶了一本筆記簿、一本卡繆的《異鄉人》、幾枝原子筆。我並不喜歡用原子筆書寫，但入伍受訓又能怎麼辦呢？一大早就得起來，頻密的戰鬥訓練，團進團出，很少有個人時間，其實也看不上幾頁書，睡前看著整齊的床被，一躺下想著想著自己人生的變化，閉上眼睛不久，彷彿就聽見催促起床、摺被的哨音。

跑步、唱軍歌、呼口號，一日又一日重複著新兵的作息。南方的秋天，仍然濕熱，訓練中心一片綠色軍服的官兵形成某種意識型態植被移動著。我沒有在休息的空檔寫信回家，也沒有寫信給梨花，只在筆記簿塗著紛亂的心情。這並不是我第一次離家，從小就在外寄讀的我，只是重複那樣的經驗。

會在高中時期就交女友、談戀愛，應該是從小離家的孤獨感造成的。小學一年級時，我就寄居在屏東半島車城的舅舅家，在那兒的小學讀書。兩個舅舅家分別開設木材廠和碾米廠，就在一條叫做福安街的路旁。我住的大舅舅家是兩層樓縱深長的透天厝，中間還有露天中庭，有一口井。後棟樓上的裝修是日式榻榻米房間。窗外可以看到另後一個舅舅的碾米廠二樓洋房，有時也聽見米廠機器傾軋的聲音。大舅舅家的木材廠就在對面前方，空地裡堆置著許多木材。鋸木時，冷卻鋸帶會蓄積熱水，表哥和我會在蓄水池裡泡湯。街道的另一頭就是台灣著名的土地公廟福安宮，香火鼎盛，進香客來來往往熱鬧非凡。旁邊有一間戲院，播放電影，也演出歌仔戲。形形色色的這些都是我童年時代的記憶，記憶裡有孤獨況味，也有歡笑的況味。

就讀的小學就在街角轉彎走向屏鵝公路的那一端，在通往四重溪溫泉鄉的路口。從外地來的我，在班上和一位女生的成績常常輪流排在前頭。那位女性導師也非常疼愛我，她好像是媽媽小時候的同學。而舅舅家的表姊也在學校任教，她有時會特別到教室看我。有一次，不知怎麼了，我使性子，鬧彆扭，不管老師怎麼勸都不聽，還勞動了表姊來安撫。那天放學後，我還未回舅舅家，帶著書包一個人從舅舅家附近的一條小路走到海邊，坐在走出防風林後沙灘上的一根漂流木，眺望著海，一直到過了午後才回去。不管大家怎麼問，就是靜默著，小學一年級下學期，我就轉學到屏東市，另外寄宿在叔叔家，在新的小學就讀。

從小學到初中，我都沒有和在高雄境內的家人同住，而是在我父母的家鄉的學校讀書，也寄宿在親戚家。也許因為這樣，我既孤獨又敏感，喜歡閱讀、作夢、幻想，而且也早熟。會和梨花相戀，甚至在愛戀的感情起伏變化中，放棄升學的意願，也都因為這樣的緣故。我既愛梨花，又選擇逃避她。入伍服役是一種訣別的儀式。在這樣的儀式下，我不只離開梨花，更離開我經歷少小時期與家人分離後好不容易又重聚的時光。我也許會再回到自己的家，但我終將回不去和梨花在相戀的時光。

新兵訓練很辛苦，但時間也過得特別慢。假日常看到別人的家庭會面，但我從來就不想麻煩父母。從小在外求學，習慣了孤獨自處，別人的家庭會面時間，我反覆閱讀卡繆的《異鄉人》，讀連隊書櫃的報紙和刊物，也在筆記簿上寫下胡思亂想的心情記事。有時，坐在營舍旁的樹下抬頭望著天空。晴朗的天氣看著白雲在藍天移動，那麼逍遙自在。想像那一片一片雲彩中有我漂流而去的愛戀。

三個月的新兵訓練，結訓前有一次夜行軍操練。出發前，全副武裝，揹上背包、步槍、戴鋼盔，還上綁腿。從訓練中心出發，頂著日午稍過的太陽，往東行向烏山頭水庫周邊的山區，走著走著，太陽逐漸在背後的上空往西移，逐漸感覺到夕陽的情景，行進的隊伍停駐下來，在路旁的林蔭下食用炊事兵車送來的便當，稍事休息之後又再啟程。入夜時，隊伍一人接一人，行走在山道，穿越樹林，摸黑穿經楠西到四方井，再從大內、官田，回到出發地已是次日早晨。夜晚的冷冽輕風吹乾了汗水，但吹拂不掉疲憊。彷彿一種洗禮，也像考驗，我的青春之門就這麼穿過了。

三個月的新兵訓練，從中心回到家裡，休息一個星期後，我又離開家，北上到湖口的裝甲兵學校受訓。被分配日後要到位於台中清泉崗的裝甲兵訓練中心擔任班長，這算是必要的過程。高中時期，北上最遠只到過台中，從省城出發，在橫貫公路徒步之旅的四天三夜，經武嶺、大禹嶺、花蓮，而搭乘南迴鐵路火車從台東回到高雄的行程是距離最長、日程最多的旅途。湖口是過了新竹的更北方，是一個更陌生的所在。我過了青春之門的腳步，就是踏行在這個北部聚落。

裝甲兵學校是訓練戰車部隊的地方，校區在一處山坡上的台地，冬天的強勁風勢吹打著周邊，除了停放的戰車，彷彿房舍的窗戶、一些樹木都搖晃作響，敲打著人心。課程是熟悉戰車的駕駛，兵器使用，是為了日後到裝甲兵訓練中心擔任教育班長必要的課程。雖然也有一些兵操，但比起新兵訓練中心，已輕鬆多了。週日休假，可以外出。有時候，我會去新竹，有時去台北。在湖口街上，可以選擇搭火車，也可以搭公路局車。新竹和台北都是我陌生的地方，我開始認識這兩個城市。

仍然會想起和梨花在一起的日子。我們曾搭火車，經由屏東到大鵬站，再轉程到東港。那是一個漁港，是梨花喜歡的地方。我們一起走在東港的市街，走到海邊。海是我童年時期喜歡的風景。在眼前浪花捲起，綻開白色的景致，一次又一次地重複。沙灘上有許多寄居蟹在疾疾行走。背著貝殼的寄居蟹看到人，會躲進貝殼裡，像帶著自己房屋奔走四方的流浪人。海會撫慰人們的心，它那麼大，那麼寬廣，能夠容納吸收各種事物，甚至聲音。我也喜歡和梨花到東港的海邊，應該因為這樣的緣故。

梨花是我青春的印記，是我愛戀的印記。但我從隆田、而湖口，離開南方愈來愈遠，離開青春、離開愛戀也愈來愈遠。但那些海的記憶仍然像波濤拍打我心的窗，在一個人靜下來的時候，聽得見拍打的聲音。那樣的聲音混雜在湖口台地常常帶有雨的風勢裡。有時坐在火車或公路局車往返新竹、湖口，或台北、湖口的車窗，都感受到那熟悉的聲音。離開的青春、離開的愛戀就像拍打在心的窗或車窗的聲音，有時緩和、有時急促，會讓人心酸，也會讓人心痛。

有一個下著細雨的週日，我沒有去新竹或台北，選擇在楊梅走走看看。這個客家鄉鎮有一種古舊的氛圍，大街兩旁的建築物散發著磚瓦鋪面的傳統氣息。就從楊梅火車站延伸的大街，另一端是公路局車站。省道彷彿和縱貫鐵路平行，從東和西形成兩道縱列包圍著街區。一些商店彷彿是為附近的軍官開設的，一些穿著軍服或穿著便服但看得出是服役軍人身分的人們，穿梭在街道，或在店鋪裡。冷熱飲店裡的刨冰或客家湯圓在假日常座無虛席，靜靜的鄉城因走動的人們而活絡著。楊梅的街景常在冷風細雨之中，一個靜默的鄉城描繪我踽踽獨行的形影，也描繪我的一小截青春的行蹤。

楊梅、新竹和台北都有我踽踽獨行的形影和即將消失的青春形跡，留在我的記憶裡。楊梅是靜默的客家鄉城；新竹是一個多風有文化意味的城市；而台北相對繁華而且多樣。從台北火車站出來，廣場的噴泉周邊常常坐著一些青年男女，彷彿一起對著向上噴發的水花許願。沿著站前的大路向西會碰上北門圓環，向南轉入就是西門町的中華商場了。縱貫線火車在從南往北進入台北火車站時，沿路都會有平交道，火車經過時，柵欄放下，叮噹叮噹聲響個不停。那景象的多年前一個新聞事件是詩人楊喚在一個週日趕赴電影院觀賞《安徒生傳》，不幸被行經的火車輾死的消息。有一回，我來台北，在武昌街的明星咖啡館騎樓周夢蝶的書攤買了一本《楊喚詩集》，從武昌街走到中華路，轉到漢口街，就在平交道旁追憶楊喚受難的景象。楊喚是一則童話，而周夢蝶是另一種意味，特立獨行有著一種野狐禪師的韻味，相形之下，我比較喜歡有人間性的楊喚，他那麼純真，那麼不幸，留下一顆在動亂時代的童稚之心。

我也在周夢蝶的書攤買了一些詩刊。《藍星》、《創世紀》和過期的《現代詩》，以及較晚才創刊的《笠》，也買了《現代文學》、《筆匯》、《文學季刊》、《劇場》等雜誌，一份在西門町舉辦的「現代詩展」留下的紙本手冊，有一些詩與畫，也吸引我的細讀。從南方到北地，懷著文學之夢的我，蒐集許多雜誌刊物，尋覓著自己的文學之途，冊頁裡的作品都吸引我，引領我去探觸。

台北是一個都會，對於在島嶼南方的屏東、高雄出生、成長的我來說，是一個極有反差的城市。首都意象不同於南方城市的是一種中國性或中華性街景。譬如中華路、譬如重慶南路、譬如冬天冷風細雨中，為節慶搭建的牌樓，譬如交談的口語常聽到的是異於河洛台語、客家話的中文。重慶南路的書店街以及騎樓上的書攤，都是吸引我的風景。一些在中華路的路邊舊書攤，我還買了刊載瘂弦一首英譯詩〈上校〉的《大西洋月刊》。台北曾經那麼迷惑過一個從南方來的青年，它的繁華街景和一些文化意味也留下我漂泊的心境。

裝甲兵學校的結訓，也像新兵訓練中心一樣，經歷一次演習。濕冷冷的天氣，戰車的演習車隊從湖口出發，經由新豐、新屋的海濱鄉鎮；往東再經平鎮、龍潭到關西的山區；夜晚停駐關西時，大雨低溫的天氣，讓人冷得受不了。M48戰車穿梭在山路，冰冷的戰車鋼板迎向寒風，就像電影裡歐洲北方國度的戰爭景況。露宿在關西山嶺間的林木裡，我們蜷曲在戰車裡抗拒著逼人的寒氣，但被雨淋濕的軍服夾帶著冷意，穿刺著身體。零星的住屋在村落裡，有些磚窯仍燃燒著炭火，靠近時會有些暖意，即使用過演習的伙食，也感到又冷又餓。演習就像戰爭，在演習中體驗戰爭，體驗飢寒交迫的感受。第二天，戰車演習的路線從關西，轉向西行，沿著新埔側邊的道路回到營區，演習之後不久，在裝甲兵學校三個月的受訓就結束了。

要到派發的裝甲兵訓練中心報到，是結訓一個星期以後的事。那是在台中清泉崗的一個訓練基地，近鄰著清泉崗空軍基地。我先從湖口回到島嶼南方的高雄家中，這也是我在裝甲兵學校受訓後第一次返家。入伍服役的我，不同於在學校就學，彷彿已成年了。一個星期的休假，我都在家中休息、看書，只有一次搭乘火車往南到屏東，經過潮州，再經大鵬轉車到東港，一個人前往海邊，在那兒望著一大片海，看著漁船進出漁港，一些與梨花一起在東港海邊漫步、靜坐的回憶在浪花的起伏之間回到腦海，但那些記憶都已成為過去。

趁著休假，我整理一些在湖口的裝甲兵學校受訓時，去台北買來的書，翻閱著那些詩刊和文學誌，也稍稍翻閱自己在筆記簿留下的行句。再一次外出是到高雄火車站附近的高中，從校門口走過，看著熟悉的紅樓教室，也聽見操場傳來足球場上奔逐、叫喊的聲音，聽見籃球場和排球場跳躍、奔走的聲音。但這些都離我遠去，不再屬於我。青春彷彿也不再屬於我，包括早發的戀情，那些在梨花的臉上偶而會浮現的笑靨，那些在笑靨中夾雜的淚水，那些在記憶相簿裡在通學火車上留下的形影。我的青春過敏性煩惱交織的時光彷彿腐刻畫一樣的心境風景——所有的一切都交織在埋葬我青春的剪貼簿，隨風飄動，又不能飄逝。

3. 日蝕

春天的清泉崗吹拂著來自台灣海峽的風，溫煦的太陽光照在我入伍服役的第三站，也就是台中市郊，鄰近西海岸清泉崗的裝甲兵訓練中心。我被派遣到這個基地擔任教育班長，將會在這裡服完役期。這個以一位國民黨中國已故將領為名的台地，有空軍機場以及裝甲兵基地，分隔在從台中市區到清水鎮區的中清路兩旁。我休完了從湖口裝甲兵學校受訓後的假期，從南方的高雄來報到，未完的役期要在這個中心訓練裝甲部隊的新兵。

分配在一個訓練連隊，在一個排擔任教育班長。比起在隆田的新兵訓練中心和湖口的裝甲兵學校，身分上已脫離新兵角色，感覺上也算進入服役的安置期。雖然不算是職業軍人，但已脫離菜鳥，要配合任務分配，在連隊值星軍官帶領下，擔任值星班長，輪流整隊，帶領出操。一個連隊有連長，擔任輔導長的政戰官，幾個排長，更多個班長。早晨吹響起床號，就要負責在迅速的梳洗、床務整理後，整隊進行一天的活動，包括參加週會升旗、進餐，以及勤務訓練。有規律地操練各種儀式，隊伍在訓練中心行進時，要唱軍歌、答數以顯示精神的抖擻，常見的是〈九條好漢在一班〉的軍歌。

有規律的軍中生活。輪值時較受拘束，其餘時間相當自由，常在連隊康樂室看看黨方及官方報紙和軍中刊物。連隊的連長、輔導長也就是政戰官是職業軍人，排長則幾乎是預備軍官，教育班長大多是師範畢業生或高中畢業生。大家閒聊在一起，都盡量互相協力。畢竟在役期都要相處在一起。

裝甲兵訓練中心名符其實是要訓練裝甲兵，大多的時間是和戰車裝備的磨合，維持車輪裝備的堪用、訓練駕駛戰車、槍砲裝備的使用。在裝甲兵學校是M48戰車，在訓練中心也是M48戰車。訓練戰車駕駛操作，不只在中心基地外，也在一般道路實施。清泉崗的台地有許多適合演練的道路，出營區則常常向清水方向前進，經過大甲，前往鐵砧山旁的大安溪畔，那兒的山壁是戰車射擊訓練的靶場，經常繪製著大小的標靶。

一台戰車大約有三到四位乘員，駕駛在左前方操作方向桿，平時探頭出來。車體裡有砲手、機槍手，指揮的車長常從砲塔的圓孔露出上半身。行走在一般道路，戰車履帶發出傾軋之聲，轟隆轟隆作響。戰車的移動不是以輪胎而是以履帶，移轉方向時的跨距幅度受方向桿操控，有某種笨拙感，也顯得沉重穩定。

射擊訓練大多選擇在大安溪畔進行，戰車部隊通常在日午之後從訓練中心出發，照例沿清水、大甲，在過大安溪橋後，轉入日南火車站旁的平交道，進入村莊內，駛到河床，並列排著。面對鐵砧山顯示的標靶群，每台戰車升起砲管，在訓練教官的指令以及教育班長的協同下，裝填砲彈，按照口令射擊之後並進行成果核報。每次的野外射擊訓練，從清泉崗到大安溪畔的來回行程經歷一次又一次的模擬戰爭，常讓我想到越南戰爭的陰影。

在裝甲兵訓練中心常可聽見清泉崗空軍基地傳來飛機發動引擎的巨大爆聲，那是美軍B52長程轟炸機起飛或降落的現象。震耳欲聾的感覺從機場方向傳來時，讓人忍不住抬頭望向聲音之源，黑色巨大的轟炸機身從跑道起飛，向西升高，在轟炸機的巨響中，飛向台灣海峽，飛向南亞的越南去執行任務。巨大的黑影子移動在空中，似乎形成一種日蝕現象，讓蔚藍晴朗的天空蒙上影子。

B52轟炸機從越南執行轟炸任務回航時，空中也傳來巨大的引擎聲，一隻巨大的黑鷹在空中由遠而近，慢慢降落，一直到滑行在跑道時，那聲音仍然未消失。戰爭的陰影形成日蝕現象，黑色布幕籠罩天空，遮蔽了光，侵蝕了光。裝甲兵訓練中心的戰車奔馳在公路上的轟隆聲、B52轟炸機滑行在空中的爆裂聲，交織成戰爭的幻象，交織在我的青春正在消逝的歲月。

裝甲兵訓練中心旁駐紮一個裝甲兵團，那是正規作戰部隊，是結訓後的充員兵要分發的單位。整個基地兵員眾多，軍營外形成一些休閒娛樂的商店街坊。晚餐後休息的時間，官兵部可以去走動。小餐館、冰果室、服飾店、撞球場……應有盡有。軍隊裡無聊的阿兵哥習慣有事沒事閒逛。選擇一家冰果室，大夥兒一起閒聊，我和連隊裡的同僚也常藉這樣的聚會談天說地。來自各地，年齡大約相同的出外人，因緣際會在軍中相識，一起經歷當兵的時光。冰果室的女店員，久而久之，有些人也打情罵俏起來。

沒有輪值的星期天，可以搭乘軍車到台中市區。拿了勞軍電影票，可以去看電影。我幾乎每逢可以休假的星期天，就去看電影。從台中戲院、豐中戲院、成功戲院到聯美戲院。看電影最能打發時間了。看完電影，選擇在咖啡館用午餐，並去台中公園走走。看看人們在公園的湖中划船，看在公園裡散步的人群。

第一市場幸發亭的蜜豆冰、復興路上的台中肉圓、自由路太陽堂的太陽餅、中華路的木瓜牛奶。自己一個人的時候，也常去中正路上的中央書局。那真是一家真正的書店，從一樓逛到二樓，盡情翻閱架上展售的書。法國哲學家巴斯卡的《沉思錄》和齊克果的《地下室手記》都是那時候買下來的。我喜歡通往二樓的磨石子樓梯，灰白色石子交織的光滑表面從一樓以迴旋的幅度往升延伸，手撫在其上有一種涼爽的感覺。

越戰的意象不只從起降在清泉崗空軍基地的B52轟炸機造成的日蝕形影顯現，也顯現在度假美軍在台中走動的情景。一批又一批的參與越戰美軍，來台灣度假。他們大多選擇台北、台中和高雄這三個都會區。台中因清泉崗空軍基地提供美軍戰機起降，也擁入大批度假美軍，形成某種異國風月場所的風景。

五權路一帶充塞著以服務度假美軍為主的舞廳和酒吧間。走在這條幾乎已異國化的街道，花枝招展濃妝豔抹的撩人女性在店口招攬行經的度假美軍。在越戰陰影裡的度假美軍的盡情歡樂背後，彷彿被死亡殉職的焦慮驅策，常常一夥一夥醉意十足地穿梭在幾乎已淪陷的治外法權區域。美軍憲兵、台灣憲兵、外事警察也冒出來，協同處理治安事項。台灣的美國意象不只協防條約期間的駐在美軍，不只美國新聞處的文化宣傳，也在越戰期間度假美軍在台北、台中、高雄烙下彷彿世紀末的紙醉金迷街景。

我消逝的青春是和越戰的陰影交會的時光，從台南隆田的新兵訓練、到新竹湖口裝甲兵學校，以及台中清泉崗基地的裝甲兵訓練中心教育班長，這些經歷都與戰爭有關。國民黨中國和共產黨中國對峙，在美蘇對抗陣營的冷戰形勢，戰爭似乎潛伏在人生之路的四面八方，隨時會撲面而來。這樣的陰影是日蝕的陰影，籠罩在我年輕的心靈。

在連隊的寢室，夜晚時，我常捻亮小檯燈，藉著昏黃的燈光，試著寫一些東西。我也會想起已分手的梨花，咀嚼那些似已遠去的戀情。我會想到越戰，想到砲火無來由地從天而降。我也會想到自己人生已經印記和即將印記的行跡。我試著把寫下的稿件寄給報紙副刊和雜誌。在連隊裡，只看得到《中央日報》、《青年戰士報》、《青溪》、《幼獅文藝》……我試著把稿件寄給他們，也獲得發表。有一回，擔任連隊輔導長的政戰官就和我談起邀我加入中國國民黨的事，他還說是上級長官也知道我在報紙、刊物發表作品，希望我能夠入黨，日後能多為國家作一點貢獻，又說黨也會因此而特別照顧。我在高中時，就已多次婉拒教官希望參加中國國民黨的勸說。比起在學校，連隊輔導長的要求更甚，但我一直都拒絕。

高中的同學們大多已進入大學了。記得高一同班，還未分組時，有好幾位想讀醫科，也有要讀法律、念新聞科系、電機、或建築……高二分組後，進入不同班的分流，畢業後他們應該都如願跨過一個學歷門檻。只有我脫隊而去，成為一隻孤鳥，徬徨地飛在寂寞的天空。

趁著一個假期，我回到家裡取出高中的一些教科書，帶回服役的營區，想要自己複習，再準備以同等學歷考大學，以便取得文憑，好為自己進入職場建立一些條件。回到連隊，大家知道後都覺得是不錯的選擇。就連曾經一再拉我入黨的輔導長也一樣鼓勵，而且不再勉強我。我們還一起到基地旁，河溝邊的一家餐廳喝酒，這是我入伍以後才學會的。大家一起喝酒，有些人更是學會了吞雲吐霧的，我則把分發的配額福利香菸給了在伙房的老士官，他們菸癮大，更需要。

因為想再升學，也想到自己因為放棄報考大學，放棄文憑，也放棄的梨花。如果那時候我沒有自暴自棄，堅持放棄考大學，應該不會和梨花分手。自己那時候，常常在愛戀的煩惱中才會賭氣一走了之，如果改變初衷，再讀大學，那我應該再去找梨花重拾舊好嗎？或也許緣盡情斷，已形同陌路了。煩惱歸煩惱，我還是照著新的決定，努力複習功課。

有一次，假日到台中，在一家咖啡館用午餐時，遇見一位高中同學，他在台北的一所大學法律系就讀，身邊還有女朋友。大家見了面，談起去年在學校的一些事情。他是讀了大學才在學校認識外系的女同學，成為男女朋友。女朋友家就在台中。難得在離開高雄的省城相見，還一起喝咖啡談天。而我，則在高中就談戀愛，人家讀大學時我在服役，而且自己一個人，也沒有女朋友。

越戰的新聞常出現在報紙，報導一面倒的敘述，夾雜著反共的美國霸權觀點，南越的吳廷琰政府和北越的胡志明政府，分別是在法國殖民時期的獨立運動軍。二戰後以南越和北越分別成立共和國，但北越一意想解放南越，統一越南這個國家。南越的共黨游擊隊與北越組成的解放陣線從內部和外面發動攻擊，要統一越南。美國介入，提供武力援助越南，大小規模的戰役不斷。美國轟炸北越，也轟炸在南越叢林裡的共黨解放陣線游擊隊。但形勢並不見得對南越有利，逼得美軍投入更多人力，更大砲火，甚至動用毀滅武器。以自由為名、以保衛西方民主為名的美軍行動，其實並不盡獲得美國國內的支持。

從外面的報紙會看到美國一些大學生抗議美國介入越戰，比較著名的是加州柏克萊大學的學生反戰運動，瓊・拜茲的一些動人歌曲在台中的咖啡館也聽得見，低沉的嗓音帶著一些憂傷，彷彿觸撫著傷口的旋律，再就是留著一頭長髮的嬉皮形象了。在台中街頭也看得見長髮青年，是大學生的類型，呈現著某種時代感，這樣的意象正好與服役中，只有著小平頭的我形成反差，而我並不想成為留著平頭、充滿陽剛性的那一類青年，我應該屬於留著長髮的那一類青年。

和高中同學碰面的那家咖啡館坐落在自由路，一家新開幕的百貨公司對面的電影院旁，以「文藝沙龍」為名，顯示它的某種風尚。位於二樓的營業空間，桌上放置著檯燈，有些檯燈上留有筆跡，書寫著一些行句，我喜歡在那裡聽音樂。咖啡館的老闆有一次看到我手中拿的一本美國作家沙林傑小說《麥田捕手》，坐下來與我交談，他看到我夾在書頁中的一份報紙副刊，有我的散文作品，要我也試著在檯燈的紙罩書寫一些行句。

從那家咖啡館的窗，可以看到對面的百貨公司，也可以看到側面電影院前廣場的人們，看板的預告電影畫面向著自由路走進的人潮。「文藝沙龍」的書架有一些新出刊的文學和藝術雜誌。記得我有一次讀到義大利導演安東尼奧尼，就是從書架上的一本《劇場》，我也在那本雜誌讀到狄西嘉這位義大利導演，並去看了他的一部電影《單車失竊記》。關於二戰後義大利電影的新寫實主義，一樣來自那本雜誌。而更多在咖啡館裡詩刊的作品，是並不完全讀得懂的詩，一些模模糊糊的概念，晦澀的行句。

比起在新兵訓練中心或裝甲兵學校，在裝甲兵訓練中心的役期要長得多了。但後來，我在複習高中課程以及試著寫作中，感覺時間也很快過去。要退伍之前，連續好幾天，連隊的夥伴常約餐敘喝酒。大家在服役的軍中相識，談起話來不見外，喝起酒來，更是天南地北。義務役是短暫停留在軍中，故事較為平淡。職業軍人有些從中國糊里糊塗隨軍來到台灣，孤家寡人一個，喝到半醉，心事盡露。老芋仔士官有些來自中國北方，幾十年家人音訊全無，是生是死，也不知曉。說著說著，鐵漢也柔情起來，一把鼻涕一把眼淚的，令人心痛。

正式的退伍歡送會，連隊特例為一群同梯次的退伍夥伴舉行餞別餐會，伙房的老士官準備酒來，高粱酒上桌，一瓶一瓶地開。不只老士官，連我們這些要退伍的義務役充員兵，也一個一個醉得不成樣子，許多人都到外面吐了，還要被扶到寢室。入伍時，不知要到哪一天才結束役期，但忽地之間要退伍了。這像青春的祭典，而這樣的祭典，我感受到的是B52轟炸機在清泉崗空軍基地起降的轟隆爆炸聲，是B52降落或起飛時龐大的機身陰影侵蝕天空的景象，是在中南半島越南戰爭牽連到的台灣和越南軍事行動的意味，是度假的美軍在台中市街走動造成的彷彿美國租借的場域狀況，或者，也是我的一種成年禮，經由服役當兵而成長的一種儀式。

退伍的那天，我帶了簡單的行李、一些書籍，連隊的軍車送我們一群退伍者到台中火車站。從基地大門，經由中清路往台中市區的車程，右側是裝甲兵基地，左邊是空軍基地。清泉崗，再會了！從中清路轉入大雅路，再轉進三民路，左轉折向中正路，盡頭就是大家要分手、各奔前程的台中火車站。站前的噴水池圓環，水花在微風中飛散，像是被人舉起的白色花束，也像是某種揮舞的手勢。火車站的典雅建築呈顯一種優雅的美麗，是一種歷史，經歷過去與現在時間，標示著到達和出發的印記。

我從台中火車站南返，搭乘的列車會帶我回到從前來到台中的出發地。那裡是我的故鄉！我少小時成長的地方。南方的意象、港都的氣息。再向南是屏東的田園風景，大武山的崇高和恆春半島海域的遼闊。從小浸染在南方氣息的我的人生，我的青春，我離開又回來了。但我並不會停留，我準備重拾學業，再度成為學生。

下定了再進入大學的決心以後，我在家裡埋首讀書，拿出從前的課本，一邊又一遍地苦讀。我也要和高中的同學們一樣，進入大學、取得文憑。儘管我曾經放棄，也因為放棄而與初戀女友分手，還一起流下眼淚，但作了新的覺悟以後，我一定要實踐自己的抉擇，B52轟炸機形成的日蝕景象成為某種投影，印記我青春之憶。那是一種腐刻畫的風景，是硫酸侵蝕在銅板上的圖畫，我的人生之旅攜帶著這樣的圖畫。

4. 月蝕

六八革命的時候，我重拾學業，進入台中的一所大學修習歷史。這個也被以法國革命稱之的學潮，是相應於越南戰爭的學運，左翼思想、反資本主義、反官僚的戰後嬰兒潮世代群起抗爭，不只在歐洲，也在美洲及亞洲的日本形成效應。因為反戰，因而反美，這在反共前線的台灣是缺席的，報紙偶爾會有些報導，但一些評論都指向共產黨分子滋事。戒嚴體制下的台灣，大學青年被體制馴服，反共救國團伸入高中、大學校園，吸收青年入黨，青年的視野被局限在體制的高牆裡。

台中已是我熟悉的地方。褪下軍服，但在大學裡仍須接受軍訓課程，也只能虛應以對，應付了事。修習歷史而非文學，我認為更適合自己，太感性的人生也許要經由知性的調整，要修正自己不切實際的人生觀。即使我選擇了要成為文學工作者，要走詩和小說寫作的路，我也不認為就要讀文學科系。我喜歡那種非科班出身的詩人和小說家。像俄國的契訶夫就是學醫出身的作家，他的小說有細膩的人生觀察。

家裡很高興我又進入大學。原來父親一直期待我讀醫科，成為醫生，家裡從小學就是我到親戚家寄宿求學，也因為那種特別的寄望。我知道入伍服役而中斷學業的我讓父親失望，但我並沒有受到指責。沒有放棄大學文憑，父親是欣慰的。家裡仍然像對待未成年孩子一樣負擔我的學費和生活，但我自己覺得應該多少也分擔一些。打定了要打工、兼差，我在府後街的一家小廣告公司找到文案的工作，那是一家小公司，同意按件計酬，不必正常上班。因為這樣，我在附近的自立街找到一個住處，是一個民家的二樓。兩個地方都鄰近我就讀的大學，我買了一台中古腳踏車代步，騎個十幾分鐘就可以到學校。

大學的課程比我想像的更貧乏，同班同學以女生居多，都是晚於我年紀的一輩。開始時，我很少與同學打招呼，常常上課到、下課離開，把自己孤立在同學之外。倒是，打工的公司有一些女同事，與我年紀相仿或稍長，工作接觸還熱絡融洽，她們有些像大姊一樣照顧我，還會開玩笑說要介紹女朋友給我。

常常去一家兼賣書籍與文具的書店買書、買稿紙。那時時興著流通在卡片上印一些詩句，老闆問我要不要試寫一些讓他印成卡片，我常常摘錄在自己筆記簿的簡單行句，交給他，也得到一些費用。我也寫稿，把像是小說的稿作寄給報紙副刊，發表後也會得到一些稿費。從高中未畢業中途退出，原以為寫作是可以謀生的行業，其實並不那麼容易。如果靠稿費，那會是有一餐沒一餐，現實的殘酷在離開學校、再進到大學讀書的這一段日子，才真是體會到。

說是修習歷史，其實我自己仍然喜歡自己的漫讀。就像在高中時，學校的課本以外，文學、哲學、藝術的書籍，愛不釋手，常常覺得教科書的內容太平庸了。期中考、期末考，應付起來沒什麼，大學學歷似乎也只是某種應付社會需要的文憑，倒是自己要充實日後真正進入社會的本事。班上的同學知道我已服過兵役，比他們年長，也知道我兼了一些工作，也偶爾會在報紙、雜誌發表作品，對我都滿親切的。

有一回，一位詩人應邀來學校演講，是晚上的時間，在學校以已故校長為名的大禮堂舉行。我也去參加了，那時他名氣滿大的，出身外文系，又喝過洋墨水回來的詩人、學者，有一種光環。演講的開場白，他還特別提到學校裡有一位同學是年輕優秀的詩人，他說就是在台下，他並不認識也沒有看到的我。那時期，我讀了他在《草笠》發表的詩〈在冷戰的年代〉，有些刮目相看。同期也有我的一首詩。我不喜歡像〈蓮的聯想〉那類新古典情趣的調性。口語白話有節奏感的文字，感覺比較真實。

我喜歡七等生和陳映真的作品，高中時期，學校圖書館的刊物，就有兩人的小說。七等生謎樣的小說氛圍，像〈來到小鎮的亞茲別〉，那麼不知所以的鬱鬱不樂，感覺像黑白電影中一個蒼白的男子朝向迷霧籠罩的海濱走去，只看見不斷消失的背影，而陳映真的小說，像〈將軍族〉裡，康樂隊的女生和伸縮喇叭手，後來在送葬的隊伍中，前導指揮的女生和伸縮喇叭手的老兵，在久別相遇的悲愴人生敘述後，第二天早晨被人看到雙雙躺在甘蔗園，被說是像將軍的結局。陳映真和一些人被捕的消息在這年暑假傳出，那時我在家中又重讀了他的作品。

讀這些小說比在大學讀的教科書還更能啟發心智。我嚮往的就是這樣的文學風景。但我不能放棄我重新拾起的大學學業，已走過一段冤枉路，對於家人來說，我算是好不容易重回軌道。在青春已逝的人生階段，我試著讓自己安置下來，盡量在現實與理想中取得平衡，有叛逆的心，但我不能再任意叛逆。新兵訓練中心、裝甲兵學校、裝甲兵訓練中心的服役經驗都像烙印，在我已過往的青春裡。

兼差的公司有一位女生，家裡大拜拜，邀請大家去鬥熱鬧。公司的同事們一起到她在北屯的家。屯區是相對市區的市郊，是傳統屯墾留下來的社區聚落，正好以東、西、南、北環繞著核心的中區以及東、西、南、北區。野台戲、廟會、刣豬公，整個社區都籠罩在節慶的氣息之中，辦桌的宴席，此起彼落的划拳、勸酒、乾杯，夜色和燈光交錯，醉醺醺的我被公司的女同事攙扶搭乘計程車回住處，在車上我幾乎躺睡在她的肩上。第二天，我才知道這位女同事把我安置在睡床，才回自己住處。

我仍然會去「文藝沙龍」喝咖啡，和老闆也熟識起來。他是一個讓人感到有些夢想的生意人，喜歡叼著香菸，常常坐在靠近櫃台的一個位子，看著客人也對客人微笑。我常在那兒聽古典音樂，特別喜歡德弗乍克的《新世界交響曲》，在厚重的樂音中似乎洋溢著鄉愁。咖啡館裡的青年們和我一樣大多留著長頭髮，這是時代的氛圍，是反體制的一種風潮。台灣的一些青年們也用這樣的方式去連結世界。在現實上我們不能反叛，但是象徵性的反抗也是一種行動。

留著長髮是要被取締的。有一個夜晚，我從「文藝沙龍」出來，走向中正路，想要經由市府路，轉府後街，再經三民路到第五市場旁自立街的住家，但在中正路上就遇見警察正圍堵長髮青年。被認為長髮有礙風俗的青年，一個一個到了派出所，除了面對警察的叱責外，還當場由理髮師修剪頭髮。我近距離地觀察警察的取締行動，從圍觀的人群空隙裡看看戒嚴法下的暴行。

一位台大外文系教授，也是小說家，留了長髮，就在一次取締中被警察帶到派出所，在警察叱責聲中，那位教授表明他是台大外文系教授身分，警察回應說教授更應該作學生的表率。知識分子的身分在面對警察國家的暴力時，也無聲以對。這就是戒嚴時期的台灣，是世界在六八革命、青年們反體制現象群起時的巨大反差。就是那樣的年代，我在大學經歷歷史學的形式梳洗。

在《創世紀》、《南北笛》發表了一些詩後，我也在《草笠》發表作品，並因此認識了同樣是戰後嬰兒潮世代的年輕詩人。鄭君是我高中的校友，曾經活躍在校刊，我在學校時不在校刊投稿，互相並不認識，但經由《草笠》而相逢。他在台中讀醫科，算是繼承了父志，已經在《草笠》建立一些名聲，受到前輩詩人的器重。因為都來自高雄，曾為高中校友，都寫詩，逐漸成為知交，假日常常相見。

《草笠》的創辦人群，有許多是跨越語言一代，是從日本語而中文的詩人。我初次在《草笠》登出作品，那一期也發表了葉笛譯介的日本詩人鮎川信夫《何謂現代詩》中〈詩人的條件〉，我對其中「所謂要活在現代，便是被強制著A、卡繆的三個命題：肉體的自殺，哲學的自殺，以及反叛的抉擇，亦即從叛逆走向社會面的熱情，對於行動的知識份子已成為最寬敞的門，成為一步步走近新全體主義的危險深淵。」感動不已，抄詩在自己的筆記簿。

隨後的一期《草笠》，李魁賢譯的Georg Ried《德國現代詩史》，就開始刊出了。在第二章的〈價值的崩解〉，托瑪斯．曼就登場了，結尾有獻給他的頌辭：「托瑪斯．曼——藝術與生命的探勘者／在招損與成就之間，頗多滄桑／在精神的歡暢裡，為時代的內容所繫念／於文中塑造自由安詳」，經由日本或經由世界的《草笠》詩人學校，在我心中是這樣形成的。接著托瑪斯．曼的是卡夫卡——異於冷靜方式，充滿熱心的同情，對現代詩發生巨大的影響。在《德國現代詩史》的連載中，「卡夫卡塑造了現代人在荒謬的現象世界裡的焦慮不安，他被棄絕，無家可歸，神也失落，卡夫卡控訴機構化的世界。」然後，布來希特，「以劇作家的身分，極力而且堅定地控訴『貪心』、『自得的市民』，及其對道德的偽証。」

比起在大學，我的詩人學校給予我的人文教養也許更多。在一九六〇年代中後期，正當全世界的戰後嬰兒潮世代正在反叛體制，冷戰的氛圍在美蘇對抗的形勢形塑，我身在詩的世界觸及這些脈動。戰後的台灣形同被類殖民統治，沉澱在歷史陰影裡的二二八事件，從跨越語言一代詩人的言談中透露出來。那是我出生的一年，在我已離開的高中教室的紅牆的彈痕，那經由一位體育老師不經意地說出的祕密，彷彿伴隨我人生的祕密，與歷史見證者交會，我的啟蒙也經由這樣的交會而形成。

我後來和鄭君有時會一同前往住在豐原的詩人家。他也是一位小說家，以小說留下在南洋參加太平洋戰爭的台灣人的日本經驗。一九三〇年代末就讀台中一中，因為抗議日本皇民化的改名，在學校和同學發動抗議學潮而未能畢業的他，一九四〇年代初被以自願兵名義徵召，終戰時在印尼爪哇的叢林度過戰俘營的日子。他一九四〇年代和我的一九六〇年代都是從青春跨入社會的轉變過程，正是二十歲世代的相仿年齡。我的詩人之路關連著某種共同的時代性和世代性。

一九六〇年代中後期的台灣，正是從白色恐怖時代的陰影逐漸展現覺醒的時代。我加入的《草笠》是和《台灣文藝》同年創辦的本土文學刊物，分別以現代詩小說作為墾拓內容。同在一九六四年的〈台灣人民自救運動宣言〉，因在印刷廠製作過程被密告，而未能發布，彭明敏教授和他的兩位參與學生也都被捕入獄，後來彭明敏流亡出國，但自救運動以不同的形式展開。《草笠》和《台灣文藝》象徵的就是文學的自救運動。

陰影是存在的。美軍B52轟炸機在清泉崗空軍基地起降，進行越戰的行程，在台灣的上空造成轟隆的爆裂聲，形成像日蝕一樣的時代陰影，遮蔽了太陽光。而戒嚴制的陰影在一九六〇年代中後期，也像月蝕現象。心靈的月光被遮蔽在威權政治的權力夢魘之中。就像二二八事件的歷史隱含在人們的心裡，就像一九五〇年代的白色恐怖隱含在人們的心裡，時代的感覺在父親的世代和我的世代依然存在著傷痕。只不過加工出口的經濟支撐著市街的繁榮景象，霓虹的亮光閃爍在沿路的商店，夜晚常常看見人潮，有時候卻也在其中。一面在大學就讀，一面兼及一些文案工作，一面寫著自己青春過敏性煩惱留下來的虛虛實實故事。有時，我也會想起在南方的梨花，不知道她怎麼樣，她還想念我嗎？或許，已遺忘我了吧！

對於梨花，我心裡懷著歉意，覺得自己軟弱又自私。我在筆記簿寫下一些懷念她的心情，也試著以散文或小說形式記憶那些已逝去的歲月。在重新走上體制教育，成為一位大學生的我，並沒有在學校得到多少效益。修習歷史，但我喜愛的歷史哲學課程幾乎沒有，中國史排定許多課程，但對台灣的存在課題探討得極少，簡直視若無睹。我只想快快走完學程，只耽讀自己喜愛的書，應付應付考試，能畢業就好。

班上的同學也感覺到我到大學是來過門的，並不是我不認真讀書，而是我有自己的想法。在那樣的年代，世界的大學生們正抵抗著文明的發展體制，冷戰時期以美蘇對抗構成的秩序就像枷鎖一樣，青年們想要掙脫，充滿了裂痕。我應該是那樣的世代，經歷了冷戰在台灣的反共國策的馴化，其實是疏離於世界的。我們留著長髮，把一些國外的搖滾、反戰歌曲，當作流行音樂一般接受。我們在大街上看到許多美國大兵的身影，他們從越南戰場來台度假，而我們的新聞報導大多只看到越戰怎麼在南越、北越和美國在戰場的激烈交火。台灣也有非武裝軍事人員在南越，雖不像南韓派遣武裝部隊師團直接參戰，但基本上是以反共之名報導，評論在越南的事況。被孤立在被美國作為越戰補給站的台灣，唯一的反叛或許就是及肩的頭髮，或許這就是夜晚警察在街頭取締青年長髮現象的原因。

比起留著長髮的外表，更為重要的是內心。開始寫了一些反戰詩，在《草笠》發表。一種莫名的戰爭陰影，被化為行句，在我的作品裡出現。有一首戰爭被提及的詩〈遺物〉，就是那時期抄錄在筆記簿的作品，不知怎麼，我以女性視野，用未亡人的角度，寫下這首詩。

從戰地寄來的君的手絹
休戰旗一般的君的手絹
使我的淚痕不斷擴大的君的手絹
以彈片的銳利穿戳我心的版圖

……

寫了〈遺物〉這首十二行詩之後，我又陸續寫了許多反戰詩，成為我一九六〇年代末期的詩歷程。以女性作為發言者，並且從自己青春過敏性煩惱的詩情走出來，我有一種真正成為一個詩人的感覺。服從的擬似戰爭經歷使我從觀念性走向血肉化、也是我的一種覺醒歷程。在抒情之外，加上批評的意味，我的詩的安魂曲彷彿日蝕的光影之執，吟詠著時代的觀照。

夜晚走在台中的市街，常是我從電影院出來的時分，人群已逐漸減少，沿著綠川從成功路走向中正路，向左看是台中火車站，向右走到自由路，左轉在民權路右轉，再到三民路左轉，經過台中醫院和市議會，走到自立街第五市場後，就到住處。夜間的行路，一個人踽踽獨行，一面回味腦海中電影的情節，一面思索自己人生的況味。

那陣子，我迷上電影，安東尼奧尼的《蝕》被以《慾海含羞花》的片名上映，我在狄西嘉之外，再體會另一位義大利導演的詩情記事，後來我還寫了一篇他的隨筆，發表在校刊。電影和詩較為相似，影像與意象，斷與連的敘述形式。法國的新浪潮，楚浮的名字；義大利的新寫實主義，我從電影想像敘述行句的進行。詩與現實，想像與經驗，黑白與彩色。一個人靜靜地在電影院裡觀賞，或閱讀，彷彿一本一本書的書頁翻閱著我被時代侵蝕的人生。

5. 浮萍

暑假回到家裡，在南方的時日，只有短短幾天，又返回台中。對號火車從高雄火車站駛離時，一幕又一幕熟悉的景象又在我眼前浮現。煉油廠的煙囪冒著煙時，傳來一陣陣油汙氣味，左邊的車窗、右邊的車窗外，都是工廠。然後田園與風景出現了，稻田中的秧苗在風中像綠色海浪漂浮著。我的旁邊坐了一位年輕女性，看起來像已經在上班工作的樣子。我向她微笑致意，她也回了一個笑眼。

在交談中，知道她從高雄去台中工作，在一家咖啡館擔任會計。知道我還在大學念書，她顯得很羨慕。我們聊到高雄的一些事情，也聊到台中。因為省政府設置在霧峰中興新村，台中被視為省城，有人也以文化城稱之。但談到文化，也不知道真正的內容是什麼。談大學，也只那麼幾間，談書店，只那麼幾家，談圖書館，台中公園旁的省立圖書館倒是滿新穎的，旁邊還有一座表演廳中興堂。另有一座孔廟，其他呢？

下車前，這個在咖啡館工作的女孩，給了我她工作的地址和電話，說有時間可以去店裡看她，晚上還有鋼琴演奏，她可以招待我喝咖啡。我把她的好意放在心裡，有一個晚上，用過餐後，我外出走走，來到繼光街她告訴我的咖啡館找她。見了面，她很高興，要我就坐，並幫我點了一杯咖啡，聽鋼琴演奏。一面看坐在櫃台後的她，偶爾也抬起頭對我微笑，等到十點下班打烊，她稍作整理，我們一起離開店。她提議去台中公園走走，順著咖啡館門前的道路，穿經中正路，走自由路，就走到公園。夜暗了，但是公園仍有許多人，大多是情侶。我們不是，我們只是萍水相逢，同樣來自高雄，在異鄉的城市散步著。她話很少，我也不知道說什麼。夜深時，我送她回住的地方，看著她上樓，我才回住處。

大約相見了三次，都是先去咖啡館等到她下班，才一起出去，也都去了台中公園，只在過馬路時，我才牽她的手。有一回，我們在公園旁靠近棒球練習場的地方盪鞦韆，兩個人前後搖晃的身影在昏黃的燈光下，只有模模糊糊的影子在地面移動。那一次，我們要離開公園時，在一棵樹旁親吻。但送她回去後，就沒有再見面了，我也不知道自己這麼冷漠，情念都壓抑在內心深處。

從一九六〇年代跨入七〇年代，我的人生也將跨向一個新階段，一個告別青春少年走向青年的時代。像浮萍，也像綠草，戰後嬰兒潮經歷的瘖啞歷史逐漸在我心中顯影。經過《草笠》詩人們言談的教諭，我與世界同世代不完全一樣的際遇對照著我的人生，被戒嚴壓抑專制的時代，不只我輩，即連後日治時期經歷過來的前行世代也一樣承受著。

有些前輩詩人像父親一樣，也有像母親的前輩詩人。他們操作著不那麼流利的通行中文，有時甚至先使用日語思考，再尋找適用的通行中文語字來表達，有失聲的痛苦。我在他們的詩裡發現時代和歷史的烙印，像燒紅的鐵條在心靈的皮膚留下疤痕。《草笠》的兩位母親輩讓我看到母親的形象，呈現著死與生的抒情。習慣用日語交談的他們，對於我輩這些年輕人，會改用通行台灣語。夾雜的日本語、通行中文和台語，其間偶而包括客家話，《草笠》的聚會有趣的語言現象與台灣其他文藝團體都一樣。我喜歡看他們譯介的日本詩歌，可以看到戰後日本的心境與風景。

開始投寄一些詩作給詩刊時，面對的是中國語的通行中文，顯示著國語的齊一性。而一些現代詩歌的論述也以從中國帶來現代詩火種來描述戰後台灣詩歌的歷史。一本由《創世紀》主導的《六十年代詩選》，雖然包括了林亨泰、錦連、白萩等本土系詩人，但只形成點綴。強調現代主義的思潮，艱澀的行句常只能意味一些字詞而不能理解全篇，過度遁入內面性風景，從現實和人間性逃避的詩情雖然流露這種時代困境，但似乎缺少對這塊土地的情感，彷彿漂浮在台灣的心在流亡中徬徨。

我的大學生活是在《草笠》的一群前輩詩人為中心，並交集著《台灣文藝》的一些前輩小說家，以及因為跨越語言的文化生產形成的知識與教養氛圍形成的。曾以《亞細亞孤兒》經典地喻示了台灣命運的小說家吳濁流也常在聚會中出現，他以一己之力創辦了以小說為主的文藝刊物。而《草笠》則集合了眾人之力，對體制教育感到失望的我，只能從這種非體制的同人團體得到更多。但我同世代的詩人並不見得都能看重相對於來自中國的文學球根。戰後台灣現代的兩種球根終被提出也是終戰二十多年後，《草笠》創刊好幾年後出現的。

我盼望順利從大學畢業，取得文憑，別再像高中時代，因為初戀的感情起伏以及自己一些任意，未走到盡頭就放棄了。一面求學，一面兼差，一面寫作，雖然在感情方面是孤獨的，但又覺得充實。鄭君是後來在台中認識，因為《草笠》成為朋友的高中同學，他鄉成知己。另外，陳君則是《草笠》前輩詩人的兒子，也在詩的歷程尋覓。另外，還有一位在台北讀工專的年紀稍長詩友，是南投人，有時也會回到台中，我們四人形成莫逆，儘管個性並不相同，但對詩都抱持著熱情，也都被《草笠》的父執輩詩人賞識、愛戴，後來被以「四季」詩人喻之。

戰後嬰兒潮世代的寫作看似逐漸登場，但走向不盡相同，大部分的同輩詩人，環繞在《藍星》與《創世紀》這兩個對峙的詩社。在戰後台灣的詩文學之路，除了一九四九年以前會有延續自日治時期以日本語寫作的台灣本土詩人以日文和新學習的通行中文嘗試著再登場，大多是噤聲的空白狀態。尤其二二八事件造成的傷害更是一大打擊，形成了思想活動的幾乎真空狀態。一九五〇年代以後，大多以中國來台詩人為首的中文新詩以及現代詩運動，從《現代詩》與《藍星》的主知和主情相對性，在紀弦結束了《現代詩》並取消「現代派」以後，形成創世紀，接收原來在《現代詩》活動的詩人群，與《藍星》對峙。《創世紀》的詩人們打出超現實主義口號，似乎更為「現代派」，我輩詩壇新人大多加入這個園地。

我沒有在《藍星》的刊物發表過詩，但在《創世紀》登場過，而且早於《草笠》。從提倡新民族詩型到轉向超現實主義，《創世紀》詩人群讓年輕的詩人們感覺現代性較強，而且比起《藍星》的學院氣，顯得較進步、開放。《創世紀》主導的《六十年代詩選》從五〇年代出版之後，掌握了詩壇的詮釋權。戰鬥文藝的八股不用說，連抒情的溫柔敦厚都不見得合時代口味。

參加《草笠》，成為同仁以後，我也有在《創世紀》和《藍星》的同輩詩友。一面在大學讀書，一面打工也一面寫作的我，會勤讀各種詩刊物，看看別人的作品，前輩詩人、同輩詩人的作品都一樣是我閱讀的對象。寫什麼？又怎麼寫？在報紙登刊發表作品是有稿酬的，但詩刊則是一份或兩份刊物相抵。儘管如此，仍然努力寫詩，投寄給詩刊。不過，在加入《草笠》以後，作品大多在這份刊物發表，逐漸被視為《草笠》的詩人。

有一位早期在《藍星》發表作品，家住在中部，年齡稍長但也算同輩的詩人，他還在屏東讀農專時，我們就因文學活動而結識，我也曾經在他主編的學校刊物發表過作品。後來他回鄉教書，偶而我們會在台中見面。看起來木訥，但談起詩來的熱情，再多言語也說不盡，他常問起我對《草笠》一些跨越語言一代詩人的文字問題的看法，對他們詩作的中文覺得笨拙。我想不只他，許多在《創世紀》，和《藍星》活動的年輕世代，也不見得對這種時代轉換的困境，和在困境的掙扎有同情的理解。

其實，詩的語言不盡只是講究修辭之美，從吟唱、描繪到思考，隨著印刷術發達而發展的趨向，加上世界的變化，經濟條件和文化條件互相在演變中的沖激，詩人的語言和想像力都有重大的變革。尤其，經過兩次世界大戰的戰後詩人們，面對戰爭的破滅感，怎能停留在詩歌舊傳統的美學與倫理思維呢？因為加入《草笠》，我的近現代意識，現實意識和社會意識因而形成，這些是大學文學科系普遍缺乏的視野。

「經過兩次世界大戰，人類世界受到的大破壞是什麼？是城市的毀損嗎？是人命的傷亡嗎？不，如果你是詩人，一定會說是思考和想像力的破壞。」這是從詩人陳千武譯介和日本戰後詩的代表性詩人之一的田村隆一的見解。這樣的見解使我從戰後文學詩歌的迷陣走離出來而有一種戰後意識的覺醒，在藝術與社會，純粹和參與，有所體認。我之所以走上批評之路，也因這樣的啟發。

在學業，兼職工作與寫作，我更為專注寫作。不再與火車上邂逅的女孩見面後，空閒的時間我盡量閱讀、書寫。從這個設於台中公園的省立台中圖書館，我找到許多三〇年代、四〇年代，帶有左翼色彩的詩人作品集。發黃的書頁，字句仍然明晰，帶有中日抗戰時期氛圍以及反威權色彩的意味，成為禁制時代的窗口。我會抄寫一些想要留存的篇章，在歸還之前再三閱讀。我在舊書攤買到蘇金傘的詩集《地層下》，我也一樣抄寫在簿冊。後來還借給從屏東農專回到家鄉教書的詩人朋友抄寫。抄寫是一種深層的閱讀，一字一句重新銘刻，似乎也印拓在心版。

一九七〇年代初期，仍處於戒嚴時代。中國的三〇、四〇年代，有許多書籍因為作者投共，成了蔣氏父子挾持流亡來台灣的中華民國政府宣傳中的「附匪」份子，但這些左派傾向作家、詩人與許多來台灣附和黨國體制的作家、詩人，似乎有一種不一樣的風骨。文革當然也造成許多投共份子的悲劇，文化上相信共產主義有對應資本主義的進步性，但是政治接力並不服膺文化意識上的價值，偷偷地閱讀、抄寫一些中國作家、詩人作品，也常有所感動。

其實，那時候我已出版了第一本書，是詩與散文和一些像是小說的合集。在要跨入一九七〇年代時，我想要把一些青春練習曲般的作品出版，作為某種紀念，把發表過的剪下寄到台北一家新成立的出版社，那家出版社的主持人寫散文，也寫詩、寫小說，曾在台中的書展會場見過面。集子裡有一集詩，是在《南北笛》這份刊物被以專欄和散文一起發表的，主編刊物的一位前輩詩人還特別推薦說詩作的清新抒情。但我知道這只算是某種練習曲或青春之歌。

《雲的語言》，是我這第一本書的書名，作品大多是與梨花交往的回憶情境。這本書用了筆名，是我開始發表作品的筆名，也是梨花的姓加上我的名字的一個字合成的。我夢想著或許梨花看到時會重新連帶我和她。這個筆名只有一次我們夜遊太晚投宿旅館時，被詢及登記的名字，臨時拼成的。是我，也是她，更是我們的名字。但我的期望並未實現，梨花在南方的某個地方生活，像斷了線的風箏，我們沒有書信聯繫。

我的第一本書被安排在以「河馬文庫」出版的書系，七等生、葉石濤、鍾肇政都在列，還預告了白萩的詩集。相形之下，我看到了自己的不足，也有些不安。書背的照片是我服役時的剪影，穿著黑色套頭衣衫，清瘦的臉龐流露一種沉默冷峻的表情，詩友陳君還說我是憂鬱少年呢。出版了第一本書之後，我才感覺自己真正要走上詩人或作家之路。我知道這是一條艱辛的路，坎坷的路，就如同我和梨花分手時的心境，或許這應該是自己一個人要尋覓的路。

《雲的語言》，夾放在我書桌的小書架，與我正在閱讀的書，放在一起。並非並駕齊驅，而是提醒自己要更加努力。書架上的書都不是學術的歷史書籍，教科書都另放在牆面的書架。自己要熟讀的書，學校課程相關的書，在我心目中，是分開的。我與我自己疏離，相背或相對，有一些距離，跨越這種距離或是消弭這種距離，我的人生似乎徘徊或徬徨在這類似的心境中。

有一回班上的年輕同學們要去一家育幼院服務，也請我參加。常常自外於團體活動的我，破例答應了。一個假日，大家騎著單車去了在市郊南屯的育幼院。院童們在大哥哥大姊姊的帶領下，唱呀跳呀在遊戲中笑聲不斷。但我似乎從小朋友身上看到我自己小時候。在有落山風的恆春半島，小學一年級的我是一個七歲兒童，每天我從車城福安街開設鋸木廠的舅舅家走路去學校，放學後就一個人去海邊看海，看寄居蟹在沙灘奔跑。海那麼大，那麼遠，航行的船隻究竟要航向什麼港口，在世界的彼方和哪一個城市，哪一個國家啊？

過早的戀情是因為要克服自己少小離家在外的孤獨，而愛是連帶，為了減輕孤獨感？我的寫作之路也許也出於這種原因吧？書寫時，你營造出一種情境以忘卻一種情境；書寫時你在孤獨中感到不孤獨，但是，我在出版了第一本書時，告別了自己青春過敏症的煩惱。我並不是我自己的，我是世界的，作為戰後嬰兒潮的一代，巴黎的學生運動曾經顯示了抵抗，而且抵抗瀰漫在當時的世界。在世界一隅台灣的我，時代感覺應如何顯現？有時，我會這樣問自己，並嘗試著以作品回答。

《草笠》的前輩詩人群，最有接觸的是陳千武，他幾乎主持了社務與編務，我成為他的助理編輯。他也信任我，交給我許多事情。他的詩人兒子，我同輩的詩人陳君就說：我比他和他父親之間有更多的交談。在我心目中，陳千武是火的詩人，他個性剛烈，也許是曾參加日本志願兵到南洋打過太平洋戰爭，倖存回來，他在一首詩裡說：「我底死，我忘記帶回來。」也發表了《獵女犯》系列小說。他的詩集《媽祖的纏足》，呈顯了抵抗與自我批評的隱喻。詹冰是一位沉默寡言的長者，在戰前留學日本時，就寫了《綠血球》詩集裡的一部分作品還受到日本詩人堀口大學的讚賞，我從他學到知性計算的抒情性，他是一位水的詩人。林亨泰是「現代派」時期已有名聲的人，提供現代主義理論給號稱從中國帶來新詩火種的紀弦，思考縝密而個性謙和的他，經歷白色恐怖，拭乾眼淚，在悲情的行句演示近乎純粹的構造，在我心目中是木的詩人。而錦連，以「一隻吝嗇的蜘蛛」自喻，詼諧的言談中夾雜著批評，有時相對顯得鬱鬱寡歡，他最具土俗氣，沒有知識人刻意的高蹈，是我心目中土的詩人。四位我的男性詩人長輩，在《草笠》形成不同的風格。另外一位算是兄長輩，從台南又遷回台中家鄉的白萩，少年得志，英年氣盛，他與我父執輩的諸氏平起平坐，從陳千武手中接編《草笠》的白萩，也由我協助編務。我在《草笠》的形影與《草笠》在我的投影，相互交織。

《草笠》也有兩位是一九二〇世代，跨越語言的女性前輩詩人，但在男性主導的社會，刊物的動向仍以男性前輩詩人為首。陳秀喜以社長名義協助《草笠》的社群關係，也為刊物募款，但她就像一位媽媽，和像阿姨的杜潘芳格在我輩心目中都是長者。似乎沿襲自日治時期，或傳統台灣男性主導的社會習慣，《草笠》維持一種自然秩序，除了發行人和社長掛名在刊物的版權頁，實際的社務、編務負責人都沒有掛名。

一九七〇年代初期，《草笠》在《現代詩》、《藍星》、《創世紀》之外，被視為非主流的詩社。其實，《現代詩》已停刊，《創世紀》接收了勢力，異軍突起，掀超現實主義的風潮，形式上雖說是與《藍星》對峙，其實藉由斷代詩選的編集，掌握了詮釋權，但也製造了晦澀化問題。鑒於政治形勢，黨國體制中國化，《草笠》就像政治的黨外，被邊緣化。同輩的台灣詩人，有些參與了《藍星》，有些加入《創世紀》，執著於在《草笠》參與台灣現代詩墾拓的我輩，是有根植本土，放眼世界，更賣力才能讓《草笠》開出燦爛之花。像浮萍一樣的我，尋求在本土找到根源定置，形塑著自己的文學之路。從青春過敏逐漸感知現實的汗水和淚水，呈繪世代的心境，探照著時代的風景。

6. 夕陽

一九七〇年十一月二十五日上午十時，三島由紀夫在日本東京防衛廳的自衛隊廣場，切腹自殺。

這不是《憂國》的記述嗎？

我是第二天，在報紙讀到消息的。據說，事後當天的電視新聞就有特別報導。但是，窩居在租屋裡，沒有電視，也不看電視新聞的我，遲了一天才知道這個驚動的事件。

這一天，我一早就出去報攤買了一份報紙，因為被通知了小說稿件會在當天報紙發表。我習慣買一份報紙，看自己被登載的作品。那是一篇現在回想起來，自己也臉紅的作品。說是青春過敏期的強說愁也好，說是青春腐蝕畫也罷，那是我文學青年時代的人生紀錄。

三島由紀夫帶著他「楯之會」的一些隊員，在一群自衛隊官兵面前，慷慨激昂地發表了對日本國家之魂的意見，出乎意料地只面對戲謔的笑聲，他拿起武士刀，像傳統日本武士一樣，進行了切腹儀式。這樣的事蹟，其實在他的小說《憂國》裡出現過。一九五九年發表的這篇小說，在一九六五年拍成二十多分鐘的三十五釐米電影。三島由紀夫自編、自導、自演，彷彿預示了他的人生。

三島由紀夫是我文學青年時代喜歡的一位日本小說家。他曾說過「我一直在想，如果我能寫出一部傑作而在二十歲就死亡，那多麼奇妙！」這一句話。在我剛過二十歲不久，正嘗試小說寫作的心境裡，非常刺激。但當時的我，只是一位在報紙副刊發表了幾篇小說的文學青年，正在人生的路途踽踽行著。

我翻閱著買來的報紙，看了自己的這篇約莫五千字的小說，也讀了有關三島由紀夫切腹自殺的報導。回到住處，稍微整理，就準備到學校上課。那是一所在省城的大學，原以農業科系設置，後來加了文史，而成為綜合的大學。在那裡修習歷史的我，原來是不想念大學的人。後來為了文憑也不得不像一般人一樣。但竟日都耽溺在詩與小說閱讀與寫作的我，像是奇異而陌生的存在，隱身在課堂裡卻思索著自己的夢。快畢業了，例行的上課我從住處騎著腳踏車往返。這一天，我也騎著腳踏車前往學校。

心裡不斷翻攪著三島由紀夫切腹的消息。在學校教室裡，我沉思著《憂國》的情節，想像小說家的自殺儀式。決定自己的死亡，在生命正當燦爛之時，多麼不可思議！在諾貝爾文學獎被提名，與川端康成這位諾貝爾獎得獎人有相互鑑照的文學光采。究竟，他的美學是什麼？

這一天，我有一個午後的約會，從學校回來，把課業的文件放好就出門了。沿著租賃之處門前的道路，走向車站。等候我的是一位在國中任教的C，她與我同齡，已經大學畢業，投入職場。初識不久，還談不上戀人，但卻是談得來的朋友。我們相約去沙鹿看海，鄰近有一個港口剛啟用，稱為台中港，其實是在梧棲。

從台中往沙鹿，有公路局班車，也有客運，甚至還可以從台中火車站搭乘海線火車，由南往烏日、大肚，向西再向北，沙鹿是一個濱海的小鎮，與台中市有一條公路銜接。

遠遠看見等候在公路局車站的C，留著長髮的她，就像一般中學女老師穿著素雅，臉上不施脂粉，但十分白皙。看到我，臉上浮起笑容。她已經買了兩張票。班車來時，就可以搭乘。

沿著中港路，經過東海大學，從台中到沙鹿鎮上，大約四十分鐘車程。因為不是假日，車上的乘客不多。車行時，她從包包裡拿出話梅，給我，自己也在嘴裡含著一顆。並肩坐著，可以微微感覺到有一種女性的香味。十一月天，不熱，但身體與身體緊緊靠著，有某種異樣的溫度。

「三島由紀夫死了。」我把刊載我小說的報紙拿給她，並說出這樣的一句話。

「什麼？」

她先翻了翻報紙的新聞版面，找到三島由紀夫切腹的報導，很仔細地讀著。然後，她翻開副刊，閱讀我的小說。而我，看著車窗外向後移動的風景，一些房舍交錯在稻田之間。有一些是住家、一些是工廠。平淡的田園在視野的流逝中，襯托著秋天的氣息。

一直到快要抵達沙鹿鎮上時，我都沉默著。而她，看完了小說，也沉默著。她總是這樣，靜靜地在我身邊，不太多話。

到了，我們下車。

這時候，秋天午後的陽光仍然照耀著。沙鹿大街兩旁的商店，稀稀落落的行人。沒有喧譁聲，但卻不是安靜的氛圍。我們在一家冰果室，叫了果汁，坐下來。

「就要畢業了，會離開台中嗎？」

C喝了一口果汁，淡淡地問。她知道我在台中停留的時間是不確定的。因為服役，因為就學，而在台中暫時居住。是不是會離開？如果離開了，兩人是否就會分手？我不知道。

兩人的交往時間仍短，相互之間也沒有什麼承諾。C並不是我的初戀，甚至還談不上戀情。兩人在一起，淡淡的情誼，不知如何發展。因為寂寞的緣故吧，為了相互的連帶而形成情誼，在友情與愛情之間。

我並沒有回答C的問話，也不知道怎麼回答。我知道：C的心裡是在想，會為了她留下來嗎？C是一個溫順的女人，她不會把心裡的期待說出來。在午後的一個濱海小鎮，在一間小小的冰果室，兩個人就這樣，話語很少，但心裡似有許多問號。

收音機播放著台灣歌謠，帶有日本風味的嗓音，薩克斯風的低沉配樂，交織著慵懶午後的抒情。不知怎的，我的手伸向她的手，把她的手掌放在我的手掌。看著她的掌紋，並且用手指摩挲著。

「你的手很細潤。」C說：「是拿筆的手，是寫作的手。不是拿粉筆的手，也不是勞動的手。」

「是嗎？」

我笑了，她也笑了。

陽光逐漸柔和時，我們起身，付了款，離開冰果室，走向海濱的方向。我喜歡看海，從小時候就這樣。海像一冊書，無限寬廣的視野裡，有無限的祕密。

像一對戀人一樣，走在小鎮的街道，先是有些距離，然後並肩，然後我牽著她的手。

看到一間小旅館，就在距離海濱不遠的地方。我們停下來，駐足了一會兒，走進旅館。在櫃檯，要了一間看到海的房間。默默地走向樓梯，走上樓。打開門，一張雙人床，一個小化妝桌，一間浴室，一面窗。因為西曬，房間裡有些悶熱，一直到開了冷氣後，才逐漸涼爽起來。但是，為了遮蔽太陽光，必須拉上窗簾，只靠著燈光照亮房間。

「休息一下吧！」我逕自躺下來。

C默默地看著我躺下來，她走入浴室。聽見水龍頭放水的聲音，又停了，她從浴室出來，走近我，也躺下來。我看著身旁的她，她看著天花板。

我不曾跟C這樣親密過，連接吻也沒有。兩人躺在一張床，那麼接近。側過臉，C閉著眼睛，胸口起伏著，有一種身體的香味。小小的房間裡靜默流溢著。

三島由紀夫的臉，他頭上綁著布巾的影像，他的寫真集《薔薇刑》呈顯的身體語言；他的《金閣寺》裡那個口吃的小和尚的畸零情狀以及他終至放火燒掉隱藏著不德的美的金閣寺的行止；《切腹》裡，青年軍官因新婚未被邀集二二六事件，近乎政變，未受株連，仍然選擇與新婚的妻子殉死的情節。

新婚不到半年，三十一歲的武山中尉和二十三歲的夫人麗子，從初夜起就在肉體的歡愉中連帶著生命的愛與死。讓麗子決定追隨武山中尉的是精神的力量，是肉體相互包藏的力量，是三島由紀夫思想裡的日本魂魄，某種象徵性的美學。

在文學之路起步，發表了一些詩和小說的我，不能不說沒有從閱讀三島由紀夫的小說感受到震撼。在一九六〇年代末跨入一九七〇年代初，越南戰爭的氛圍仍然彌漫著，相映的是嬉皮的叛逆風。留著長髮的我，有時在省城的街市還要為躲避警察沿街取締而憤懣不已呢。

B52長程轟炸機在台中清泉崗空軍基地起降時，龐大的機身發出轟隆的聲音，會讓人不得不抬起頭來仰望。像是一種巨大的毀滅力量，就從我們的島嶼飛向中南半島的越南戰場，又從越南戰場飛回我們的島嶼。假日的街頭，在許多酒吧的區域，從越南來到台灣度假的美軍穿梭。那景況好似《金閣寺》的庭園有美國軍人挽著日本吧女。只不過，女人換成台灣的女性。三島由紀夫讓口吃的小和尚，偷偷踢日本吧女一腳，日本戰敗的屈辱和口吃小和尚的自卑夾雜在一起。

我，在那暗澹的文學青年時代，在B52長程轟炸機的聲影籠罩下的省城，人生裡印記著異國傳遞的光與影。如今想來，雖已逐漸模糊，卻又可以感知。在三島由紀夫身上，不，在武山中尉身上。那種執意，也許也灌輸在我的心中。

伸手去牽C的手，她也回應著。轉過身來，兩人就這麼親密地擁抱在一起，感覺到心跳聲經由肌膚傳遞在彼此之間。C把頭埋進我的手臂，她的頭髮碰觸我的臉，髮香的氣息彌漫著我呼吸嗅聞到的領域。我撫摸她的臉頰，她的鼻子，她的嘴唇，並且吻她。

雖是對C的初吻，但是她並沒有抗拒，而是盡情地回應。她也用手撫摸我的臉，彷彿另一種話語，訴說著連帶與歡愉。

肉體彷彿有一扇門，當你開啟門扉或試著開啟門扉，就會有微妙的力量敞開那幽祕的空間，引導你進入那並非語言所能詮釋的世界。C把薄被單拉上來，解開上衣的鈕扣，露出胸口，側過身，拉著我的手去解開她的胸罩，並且把我的手放在她的前胸，她的乳房在午後的室內的柔光下，發出一種誘引的磁力，吸住我的手。

我想起《憂國》裡，麗子在與武山中尉結婚後，感知了身體的歡愉，彷彿被磨亮的樣子。三島由紀夫在小說裡說麗子的身體白嫩又莊嚴，豐盈的乳房似乎顯示著不可侵犯的純潔。但容納了武川中尉的身體後，便成了溫暖的鳥窩。

但那樣的歡愉卻必須在最後一次的激情儀式後殉死。三島由紀夫的《憂國》，以一九三六年二二六事件的不成功軍事政變為本，引喻某種軍國主義的勤王美學，特別是其中的悲壯性。後來《憂國》竟預示了三島由紀夫自己的命運。虛構的小說，真實的人生。這又如何解釋呢？

面對著C的肉體，那氣息似乎為了撫慰青春的憂鬱而散發出來的，像一座森林，深邃的幽暗的情欲之路讓人不能停下腳步，而一路走下去。這樣一路走著走著，竟至靜靜地互擁著躺在床上，把午後當作夜晚睡著了。

醒來時，C剛從浴室出來，她裹著浴巾的身體站在床邊一會兒，走近窗子，從隙縫向窗外看了一下，然後回躺在床上。

「要不要打開窗簾，讓夕陽照進來？」她起身，逕自地把窗簾稍微拉開。

房間裡從暗淡轉為暈紅，光線柔和地照在床上，看著躺在身旁的她的臉龐，好像被夕陽化了妝一樣，顯現粉彩。

「可以嗎？」

我拉開蓋在身上的薄被單，想看看她裸露的身體，她不置可否，但是閉上眼睛，呼吸急促起來，乳房起伏著。她試著用自己的手遮住胸脯的重點位置，但我的手伸出去撫靠在她的乳暈。感覺像照著夕陽的水梨，白裡透紅，但卻是柔軟的、溫熱的。

認識C是在一個書展，在一家出版社的攤位，因拿了同一本書而相視微笑。談了幾句話，離開展場時，一起走了一段路。附近剛好是一個公園，不約而同走進去，在人工湖畔的長椅，坐下來。交談後，才知道她是一所國中的地理教師。她與我同齡，但已從大學畢業，家就在省城。後來，假日時，她會來我住處。

她知道我寫了一些短篇小說，也知道我從島嶼南方來到省城的點點滴滴。每次來我住處，她只是靜靜翻閱我書架上的書，聽我播放的音樂。她知道我會離開暫居的城市。她知道我是在自己人生之途不務實的人。

只因為三島由紀夫之死？《憂國》的故事是真實的？還是虛構的？他的切腹是真實的？還是虛構的？我不禁為這樣把真實和虛構交織在小說和人生裡的小說家而感覺到沉重的一擊。究竟，三島由紀夫是什麼樣的一個人？為什麼殉死？是那麼重？還是那麼輕？生命的重疊在現實中浮現，更如何描繪？

夕陽從窗口滲透進來，以暈紅的光投射在我身旁的赤裸女體，像熟透的水果的乳房被畫家描繪在畫布上一樣美。然而，在《憂國》裡，武山中尉與麗子夫人在歡愉的情欲之後，相互殉死的故事，卻在美麗的悲劇裡訴說肉體與精神糾葛的張力。我與C躺在夕陽照進來的床上，沒有去看海，沒有等到夕陽從海面沉落，就又睡著了。不知道戶外的世界是何時暗黑下來的。

7. 逆旅

大學的畢業典禮，我缺席了。

一大早，我就從住處走到台中火車站。從康樂街走經台中女中，繞道自由路，在中正路轉東，過了綠川。初夏的陽光照在沿途，許多店舖都還沒有開門，但街道已見匆忙景象。這是我經常走的路，從住處到火車站。每逢寒暑假，要回高雄的家，常隨興買一張平快車、甚至普通車車票，一路從台中向南。這一次的旅程也一樣，與我離開高雄的路線正好相反，就像逆旅。

買好車票，趁著還有時間，我走到站前的噴水池旁，靜靜坐著，望向車站建築的典雅風景。一些回憶浮現，人生的一些片斷在風中，也在上午的光線顯示一些形跡。火車站畢竟是人來人往的地方，是一個點，交織著移動的線，連結著一些落置的面。

火車站前廣場的噴水池常是接送或相約見面的地方。許多情侶坐在噴水池邊緣的環座，有的洋溢歡笑，有些顯露哀傷。情愛就是這麼多樣，相愛或分手，相聚或別離的人生風景在時空中上演著。我想像自己初始的戀情，想像自己就要搭乘火車南下的一次逆旅。要追索什麼呢？有什麼可以追索的呢？

搭上火車時，已上午九點多了。如果更早些，如果是清晨，芥川龍之介的精簡短篇〈蜜柑〉就適合回味了。冬日，一位中年紳士上車，看著前座的襤褸女孩，有些不悅。火車出站經過平交道時，女孩打開車窗，更想斥責她，但看到丟給等待在平交道旁的小弟弟們蜜柑時，讓這位中年紳士感動了。短短一頁的小小說，簡直是詩。每次搭火車，過平交道時，這篇小說的情節就會重現我心頭。想來，自己也是一個容易傷感的男人。

這一天，並不是假日，座位很多。旅客隨意選擇位子，零散分布在車廂各角落。大多選擇在靠窗的地方，我也是。熟悉的窗景，在出站時是一排排房屋的背影，離站後則是田園。房屋背影和田園交織呈現，火車奔馳時的紛陳風景成為一種節奏，應和著輪子在鐵道的傾軋聲，也應和著旅客的心跳。

離開初戀女友已經好幾年了。因為不想念大學而建議分手。先去服役，然後又進了大學以至畢業。我缺席畢業典禮，從台中搭乘火車到高雄，心裡都是我以梨花之名印記的影子。這樣的影子是我青春腐蝕畫裡的牽繫的形跡。我知道，在訣別之後已不能重拾的戀情，但卻又執意經由一次逆旅去觸探記憶裡的氣息。

認識梨花，是在高雄和屏東的通學火車上。那時，仍在港都的一所高中讀書的我和在另一所學校的梨花，因通學而相遇、相識。通學火車往返高雄屏東，既是我們的學習之路，也是情愛之旅。我的青春過敏性煩惱也在早發的戀情中擾亂求學的心情。急切地等待週休和例假，有時高昂有時低落，影響各自的學業。不只她、我自己的成績也起起落落，不免焦慮起來。

開始寫作也是那時候的事。勤跑圖書館，閱讀課外書、逐漸對課業不耐。寫了一些詩，一些散文，發表在報紙和雜誌，但是並不與學校的文學刊物社團往來。自己像一匹狼一樣特立獨行。週休和例假，常常和梨花去郊遊。

搭乘火車，從高雄屏東，經大鵬而轉東港。那個海邊是我們常去的地方，我喜歡海，小時候在恆春半島，常去海邊看船隻航向不知何方的去處，自己也有漂流的心情。去看海的日子重拾童年的記憶，也記述了青春的戀歌。

記得去山地門踏青，從屏東搭乘客運車前往。我循著初中去露營的回憶，帶她走過吊橋，沿著山路去好茶部落。山中大多是芒果樹。兩個人手牽手，在沒有地圖的旅行中尋覓風景。霧台在更高的山，鬼湖在更深處，那都蘊藏著原住民神話的祕境。等我們回到屏東時，已是夜晚。我們又去了曾一起划船的屏東公園。在星星的指引下，我們並坐在石椅上。我問她可以親吻她嗎？她笑而不答，我也為自己的過度禮貌，或說拘謹，笑了。

我從行進的火車車窗，看到閃逝的田園風景。綠油油像織錦一般鋪在大地上，映照著六月天，彷彿無垢的心坦露在眼前，坦露在世界。我坐在南下的火車，在現在和過去的時光穿梭，一幕一幕重現腦海。

記得我提議要分手時，兩人約在高雄火車站左前方的一個小公園。那時，我想走上寫作之途，並認為這是一條顛沛之路。學校似乎無法拴住我解放自我之心，而嗜讀課外書籍的我，似乎無法在學校安置自己。一九六〇年代的氛圍，學校圖書館裡許許多多文學書籍比起課本更吸引我。讀過A・紀德的一些小說後，我夢想著一個人像浪子離家一樣出走。我告訴梨花，我們分手吧！她一再說不！兩個人相擁在一起，哭了。

提議分手的第二天，我們相約去大貝湖，一起在公園裡散步，在林中靜坐。相擁、相吻、哭泣。一幕一幕從火車車窗映現出來，是記憶與我的對晤，是過去的再現，我不知道梨花現在怎麼了，在我心裡的只是她過去的影子。

火車從台中到高雄的回返之行，就像我從高雄到台中的出發，既相似又相反。我，從少年時期到青年時期的人生情景在疾馳的物象中閃逝閃現。只能追憶不能捕捉的風景，在時間的軌跡中仍然印記著。

南返的火車，左側可以看到綿延的中央山脈山景，右側除了彰化、雲林一帶有台地、丘陵之外，大多是平原。穿越的河川有大有小。無風無雨的夏天，河川水位低，河床盡是石子。一些溪流仍然流淌著，而河床的沙土遍植蔬果。架高的堤防圍堵著暴雨的洪水，堤防路面有人車通行。一條一條河川重複著相似的景象，是我熟悉的形影。

我要在逆旅的行程回到高雄，回到我拓印青春少年時戀情的地方。我要從高雄去屏東，再到潮州，去探看我生命中第一次戀情的女孩。那也是一個火車經過的小鎮。我記得她的住家，我記得。

分手前，我們有一次台南之旅。本想從高雄的高中轉學到台南。因為這樣，我們一起到台南，投宿在火車站前一家旅館。但我並沒有去參加插班考試。兩個人廝守在旅館，互相獻給了初愛，在生命中烙印了愛的形跡。

已經向梨花提議分手的我，面對著其實是茫茫大海中的人生新路。兩人並躺在床上，只想靜靜地相互訴說。我不想傷害梨花，只想把這份愛保留在分手以後的人生。想有一份美好的回憶，作為我孤單行程的提燈。

梨花是我的第一次愛戀。在通學火車上相知相識，是生命中的偶然，但也是常感覺孤獨的我尋求的連帶。小時候就離家、住宿親戚家求學的我，在初次的戀情中找到連帶感，但也常常陷入戀情的煩惱，我想離開學校，想尋覓寫作之途，糾葛在現實際遇之中。兩年多的戀情，年紀相仿的兩個少男少女，在生命不盡能承受的愛戀重負中，糾葛甜蜜和徬徨。

昏暗的燈光中，梨花卸下她的衣物，把我擁入懷中。我的手輕撫她的身軀，觸撫她的胸口。相吻時的急切呼吸聲讓人幾乎窒息，也有不安。但年齡與我相仿，甚至略小於我的她，引導我進入她，彷彿我愛的啟蒙者。她比我更早熟。

我們一起從台南搭火車回高雄時，兩人靜靜坐在位子，一直沉默著，分手時，也只是輕聲說再見。我看著她離去，她沒有回頭，一直到她的身影消失。自那以後，我們就沒有見過面，音訊也全無。像疾馳的火車閃過沿途風景，一轉眼，我已服完兵役，念完大學。

對我來說，重拾學業，也只是為了取得文憑，便於日後謀職。我始終未忘情寫作，但不想自己的人生要在文學之途困阨潦倒。年齡的增長讓我體會現實的課題。但我已經傷害了初戀的女孩，因為我以無法給予正常寬裕生活的理由與她分手，但我又調整了自己，選擇一條較為務實之路。

火車到高雄時，已過了中午時分。這個車站有我們太多的回憶了。不只是左前方的小公園，不只是鐵路餐廳，還有車站前廊。一些戀情的記憶就印在這些場域這些空間。但我還要再搭火車，經屏東到潮州。我想去看看梨花的家。她以前住的地方，在屏東的一個小鎮，我記得是忠孝路。

從高雄到屏東，是我和梨花學生時期通學之路。跨越高屏溪的大鐵橋連結了兩個縣分，也讓我的少小記憶裡把兩個縣分形成一體，都成為我的故鄉。在台中清泉崗服役，也在台中讀大學的我，已離開家鄉七年了。和梨花分手也已經七年了。

服役初始，我還試著寫信給梨花，但沒有回音。後來，就只是追憶一些戀情，發抒在文字，發表在報章。一直讓我自己臉紅的一些詩和散文篇章。其實有我青春過敏期的煩惱，成為我練習曲一般的存在。那段日子，在營區入寢時，常在昏暗的燈光下寫詩，記述漂流心情。

讀大學時，就未曾再寫信給梨花。雖然惦念著她，但覺得自己已無和她重拾舊情的條件。畢竟我主動提議分手，辜負了她。只是，心裡一直存在著梨花的形影，分手時沒有回首的形影，以及比起當時她年齡更成熟的女性心。她應該已經從當初的戀情跳脫出來，有新的戀情，新的人生了吧！我這麼想。

我自己在離開家鄉的異地多年後也有新的友誼和戀情。梨花始終印記我心的一隅，像我初期練習曲的詩一般，在我閱讀時，會回應我。而我繼續寫作，寫下新的詩篇。初戀的情誼，初愛的形跡就像自己初始的作品，也許不那麼成熟，卻純真。

就像雲的語言，飄浮在天空，有時成為雨滴落下來。

走出潮州火車站，火車的逆旅才寫下一個段落的句點。我循著記憶裡仍然熟悉的街道，走過店鋪的騎樓，來到梨花從前與我通信留下的地址。站在對面騎樓，一個人佇立著。人來人往，許多身影走過梨花的家門前，但我並沒有看見她。就這樣佇立守候近兩個小時，我又默默離開了。

再從潮州搭火車回到高雄，已是夜晚。我沒有告訴家人，就回到家。在家裡休息了一晚，又再從高雄火車站搭車北上，回到台中，這裡是我第二個故鄉。我選擇光華號柴油快車，近中午就到了。離開高雄的行程變成出發的行程，返鄉反而成為逆旅。

我知道，台中會成為我新的起點。故鄉會成為記憶，留存心裡。初戀也會成為記憶，留存心裡。走出台中火車站，我由中正路向西行走，如果一直向前，這條路會通往台中港。但我在自由路左轉，經過日治時期留下來的彰化銀行，走過太陽堂餅店、一福堂，在民權路右轉，經過日治時期台中州廳改置的台中市政府與被中國國民黨據為台中市黨部的原台中市役所。分據在路口兩旁的典雅日式歐風建築，彷佛凝聚了時間的遺跡。歷史的記憶和記憶的歷史在過了日午的陽光中亮著。

我要回到租居在康樂街一棟洋式二樓建築頂樓加蓋的住處。一張單人床，一張書桌，一排書架，是我大學時期的居所，也像一位困頓的寫作者家屋。從租居處的屋頂平台，可以看文教區裡的台中女中、台中地方法院及高分院以及檢察署，街道的路樹成為街廓上的帶狀綠帶。我都從租居處騎腳踏車到較遠處的學校，也去找朋友。這安安靜靜的所在，恰與我在清泉崗服役時，戰車的轟隆聲以及戰機升空的爆裂聲，形成對比與反差，都留在我書寫的作品氛圍裡。

大學的畢業照是提早拍攝的。我和一些年齡略小於我的同學們把大學記憶留在照片中。回到租居處，我從書桌上拿起畢業照，在自己的身影中看見自己有些憂鬱的神情。也許這標示了一段路的終結，一段青春從少年而青年，正要投入真正的社會的註記。

我看著自己的照片，為逆旅的行程關上回憶的窗。從台中到高雄，火車車窗中的光影閃逝在街景與田園，也閃逝著自己人生的一些情念。揹著這些行囊，也許有一些重量會壓在自己身上。但這是感情的重量，是承受之後須印記的重量。這樣的重量應該會隨年歲的增長而增加，或隨著人生的變遷而逐漸釋放出來。

就在那個夜晚，我在筆記本留下一首詩：

肉體真實

梨花呵
某一條襤褸的巷子裡
有門開著
逃避醜陋的都市
我們像夫妻一般
停留下來吧

放逐著的我們
仍然要活下去
要在殘破的瓦礫中

撿一席棲身

宿命的終限在某個被遺棄的方位
伴著腫脹的世代之瘤
互相凝視肉體的真實
沒有掩飾

8. 早春

離開學校後，我應一所私立中學校長之邀，到高中任教。那是一所離我就讀的大學不遠的完全中學，有初中部和高中部，校長是創辦人家族成員，弟弟妹妹也在學校任教並兼行政職務。之前，在文藝活動相識時就提到畢業後是否可以到他經營的學校擔任高中教職，教歷史或國文。就這樣，我想就以一年的時間作為緩衝期，先待在學校。

過完了一個暑假，稍稍整理了像是旅人或流浪者的思緒。從島嶼南方來到中部的省城，要再從中部的省城去北地，這裡應該是一個暫時停留的中途驛站。一面讀書，一面兼做了一些類似文案的工作，也寫作，但都畢竟不是真正的職業。仍須靠著家裡接濟的我，總要有一份正職，而學校連畢業證書等文件都不檢視，就讓我成為高中教師，讓我感到心裡十分舒坦。

開學之前，我先到學校報到，從租居處騎自行車，經過我原先就讀的大學，那所中學就在縣市之界的一條河川旁，四周都是稻田。我去校長室看了校長，由他引介到教師辦公室，在人事部門辦了手續，被分配擔任高一的一個班的班導師。後來，和其他老師調換課程，選擇了三個高一班的國文課，把原先也排了的歷史課程交給同樣新到任、年齡與我相仿的老師。

我並不喜歡學校課業，高中沒有拿到畢業證書，去當兵。後來，又改變原先想法，讀了大學，也沒有改變我對制式教育的想法，我只是比少小之時的偏激調整為稍稍合乎實際，即使這樣，我也不會是馴服於體制，循一般規範之人。說是夢想或空想，我並沒有改變自己少小之時的文學追尋。

遺落在島嶼南方的青春戀歌，似已成為過去的春夢，不會再回來了。而我似乎也不會再往南回到家鄉墾拓自己的人生。懷著這樣的想像，感覺孤單，但也覺悟要這樣走下去。

那時，我留著過耳際的長髮，就像嬉皮一樣。學校開學後，每天一早騎自行車到校，參加升旗典禮。在一個女生班、兩個男生班都有課。沒有課的時候，就在教師辦公室批改作業或休息，放學後，我一樣騎自行車回到租居處。

新任教師中的我，以及另兩個也修習歷史、剛從大學畢業的兩位男老師，氣味相投，都有憤世嫉俗的調性，被學生們以三劍客視之。我們來自不同的大學，教了共同的班級，學生們有時會在課堂上提及其他老師說了什麼，如何如何。女生班更有對老師品頭論足的習慣，也聽說有些年輕男老師和女學生糾葛了超越師生分際的感情。

有一次，我任教的一個高一女生班，她們的女導師刻意以我或許不再教她們班，提醒她們要專心聽課來警告她們。某個中午，我正在午休，學生代表由班長帶頭來向我請罪，說她們全班正列隊在日午的太陽下站著。若我不收回成命，她們將一直站在太陽下被日曬。我從窗口望出去，操場上果真站著她們全班。我只好答應她們，會繼續教課。但我堅持放學離校後，不與女學生會面。

每天放學，回到租居處，在我的小小房間，我會寫作。這本來就是我想做的事情。那段期間，除了詩、散文，我還發表一些短篇小說，也參與在台中一份詩誌的編務，出席詩誌的活動，認識了許多前輩詩人和小說家。比起在大學裡或從前高中的課程，這才是我的詩人學校或文學教室。

《草笠》在稍早的年代就邀請我加入為同仁，這也是我唯一加入過的詩人團體。人群中有我父執輩的詩人，他們在聚會時習慣使用日語。對照他們使用通行中文時的困窘，用日語交談時，顯得神采飛揚。二十來歲的我看著四十多歲上下的他們，想像這就是日後的我，也想像他們甘於生活的素樸，文化像是使他們活得有尊嚴的原因，雖然仍處於戒嚴時代，在現實裡處處受到壓抑。

楊逵和龍瑛宗是《草笠》詩人群聚會時，常會出席的兩個對比鮮明的小說家。楊逵硬朗、健談；龍瑛宗柔弱、緘默。「貴兄，貴兄」是他們同輩作家以本名楊貴對楊逵的稱呼。瘦削的楊逵看起來精神奕奕，他在東海大學對面有一塊花園栽種俗稱瑪格麗特的白色雛菊，假日去看他時，都會看到在東海就讀的林君去幫忙澆花，我也常幫忙。

楊逵和他的小孫女住在東海花園裡的一棟簡陋木屋，白天他都在大鄧伯花柵下看書報，戴著老花眼鏡，翻閱英文《時代》雜誌或中文報紙的他，常要與往訪的人們交談。他在二二八事件發生後，因為一九四九年簽署一篇《和平宣言》倡議和解，被刊載在中國上海《大公報》，不見容於陳誠，被羅織罪名，在綠島坐監十二年，刑期比日治時期因違反治安法，進入牢獄十次，總計四十五天，足足多了百倍之久。

那時候，創辦《台灣文藝》的小說家吳濁流，也常常出現在台中文學界的聚會場合，帶著客家話口音，他的「拍馬屁的不是文學」，聲若洪鐘。跨越日本語和通行中文的台灣詩人和小說家，甚至還有畫家，像楊啟東、林之助，都在文學文藝聚會的場合交集著話語和笑顏。巫永福是從台中去台北的同時代作家，也常常回到台中參加聚會，他的聲音和楊啟東一樣，活力滿滿，在這些因為跨越語言，其實是跨越文化和政治的長期瘖啞之中，彷彿突破困境，在新的時局中重生。

其實，另一種困境正在到來，在台灣的中華民國，不久前被聯合國逐出中國代表權的位子，重生後的新時局似乎又有陰霾存在，這樣的陰霾，也許已不再會籠罩從瘖啞走出來的一代人，卻或許會籠罩新一代。戰後嬰兒潮世代的我們，面對的是另一種窒礙之路。

《草笠》刊載了許多前輩詩人譯介的世界詩，日治時期成長的前輩們經由日本語，補充了現代詩潮的空白化，但他們在一九六〇年代就創辦的詩刊仍然無法在自己的土地得到復權。太多附隨呼應權力體制，在國策文學團體編制滋生的詩人、作家，並未連帶在這塊土地，與社會脫節，阻礙著發展之路。我甘冒不韙，在《草笠》發表一篇招魂的評論文章，引發軒然大波。一時之間，《草笠》的前輩們被指為授意或縱容年輕同仁冒犯。後來，論戰持續了一年多。接著在一套編選的文學大系書冊，我被告知因曾被我評論文章述及的某人堅持刷掉，而以較我出生之年更早的年分為截止期，連同稍晚於我的兩位我同輩詩人都拿掉了。

在任教的高中，我常手持詩書、文學和哲學書冊閱讀。我擔任導師這一班的班長，簡君看得出是聰慧少年，他偶爾會看看我在閱讀什麼樣的書，有一回，他還看一看我在閱讀的卡萊爾《衣裳的哲學》。在課堂，我也會引述一些詩歌，朗讀、解說給學生們聽。詩人詹冰譯介的韓國天才兒童金雄鎔幼兒時的口述詩〈枕頭〉，是我愛介紹給學生的詩。

枕頭裡藏有夢

睡覺時才會遇見夢
枕頭使頭安樂
是頭的椅子

童言童語裡有新的意義關連，新鮮的思考，充滿想像力。我也愛讀詹冰新譯的日本詩人村上昭夫《動物哀歌》裡的詩。他是一位患了不治之病，出了一本以病中思考的動物情境為主的詩集而離開人間的詩人。

聽到雁聲
飛著的雁聲是
與那無涯的宇宙深度
相同的
因為我患著不治之病
所以

我才能聽到雁聲
……

以自己的死亡比喻會在雁飛行的終點擁抱雁，專心地聽雁聲作為結尾的這首詩，有深刻的生命哲學。我朗讀、解說給學生聽，只為了清洗教科書文本的八股沉悶，相信學生們也能領會。本國語文教學應該重視新文學的閱讀，啟發學生的思考和想像力，提升國民的語格才對。但教育設計像是只為了馴服學生，這讓我感到厭煩。

有一個星期天下午，我到常去的台中書局買書，離開後，在同一條路的一家出版社門市看看。這是台中的出版社，有益智、星座，和商戰、日本的新譯小說。顧店的是一位年輕女孩，與我寒暄起來。她笑起來很迷人，就像春天的陽光。她告訴我還在商業專科學校就讀，是隔壁鐘錶店的女孩。因為喜歡書，常來幫忙。

我剛好想到公園附近，一家叫作「孔雀」的喫茶店喝咖啡，這位春天女孩說她也想去，就一起前往。「孔雀」的老闆是膠彩畫家林之助，牆面掛了許多他的作品。我曾在中部的藝文界聚會與他有數面之緣。見到他，我們笑了笑，沒有交談。午後的陽光從玻璃窗外照進來，我們一面喝咖啡、一面交談。從逆旅的行程回到台中後，我的心情從來沒有這麼開朗。約好了再見面後，我們才離開。

與初戀的女友那種冷冽中的熱情極為不同，春天女孩讓人幾無掛慮，讓我感覺到這才是青春，而惦記在我心中的初戀女友梨花，如同玄冬。而我曾在一個書展認識的C，因為是中學教師，儘管我們也一起出遊、有親密之誼，與她像是姊弟之情而不是戀人。

假日，春天女孩像一隻小鳥，常飄然而至。在我租居之處，我看書寫作時，她也在一旁看書。後來，我們相互親密起來。她的年紀比我初戀女友還小，但更體貼，懂得照顧人。冬天來時，她還買了一件外套給我，是妹妹又像姊姊。我進入第二次的真正戀情，似乎也藉著新戀情撫慰自己還留在心裡的感傷。

放寒假時，我沒有回南部的家，有時，仍須到任教的學校去，但大多時間是在做自己的事。常飄然而至的春天女孩都會撥冗來我租居的地方，飄然而至，飄然而去。但短暫的相聚甜蜜又熱情。那時候，時興純喫茶，我們也在那樣的昏黃燈光中約會，從女體我得到慰撫也得到救贖。

春天女孩有一次拿一本她家隔壁出版社的星座書給我。她說我是天蠍座的男人，我在她細說自己的個性時，被逗笑了。也許，我自己個性的一些祕密就像星座書說的一樣。但我總覺得自己的個性應該有部分來自小學就離開家人出外求學，寄居在親戚家的那種孤獨又獨立，執著於某種追尋，不服輸，一個人也會為某種意念走下去的人格。

寒假結束，第二學期開學，三劍客的我們三位剛從大學畢業的年輕教師，其中有一位離職了，另一位也寫詩的朋友也因為去日本留學，不再任教。只剩下我，還繼續每天騎自行車，從國光路經台中路，跨過一座橋，來到學校，為三個高一班上國文課，並擔任其中一個班級的導師。

我擔任導師班的班長簡君，有一天，突然問我說：「老師，下一學年你就不會再教我們了，對不對？」我笑了笑，回答說：「如果你們用功一點，老師就不會離開。」我知道他會這麼問是因為這個學校的老師離職率高，特別是年輕的教師。常常一年半載就換老師。學生們也知道他們會遇到這種情況，我也是教了一年後，要離開的老師。

在學校裡，覺得落寞許多。但我已有熱情、開朗的春天女孩，日子覺得有一種生趣。她小我四歲，才過了二十。生長在經商家庭，養成了體察人意的個性，非常體貼，不過問我太多寫作的事情，只是關心我生活起居，像小婦人一樣，會為我準備這、準備那。因為失落初愛戀情而感傷的情懷被她的笑容洗滌了。

她參加學校環島畢業旅行，每天都寄信來。從一向的交談改為在文字中訴說心意。一言一語都是情愛的流露，帶給我許多溫暖。回來後，她帶來一些地方名產。一進門就迫不及待給我大大的擁抱。當晚，她說要住下來，不回家。我們第一次一起過夜，她說是給她的畢業禮物，算是成年禮。「家裡呢？知道妳要在外過夜嗎？」她笑而不語，搖搖頭，伏在我身上。她應該聽得見我心跳的急促聲，我也聽得見她呼吸的氣息。那晚就這麼依偎在一張小小單人床，談著談著睡著了。

第二學期過半的時候，我向引介我到校任教的校長請辭。他好意挽留，但我告訴他已答應了一家報紙在台中分社擔任文化記者。因為我在那家報紙副刊發表了一些著譯作品，一位認識我的總編輯朋友為他們報紙拓展中部報務要延攬我。我想試試多了解社會狀況，選擇了跑文化教育新聞作為磨練。

學生們知道了我學期結束就要離職，在教室時規矩、安靜許多。女生班更是比以前乖巧。我故意在作文課出了「老師」的題目，想看看學生們或許會留下一些對我的看法，果然有各種讀起來都感到溫馨，像是話別的敘述。他們也許並不真的想認真讀書，但比起一些升學主義好學校學生汲汲於投注在自己志願的勢利性格，讓人覺得感心。

我在《草笠》詩刊，有一些談得來的詩友。曾與我一起任教共事的陳君已去日本留學，但鄭君還在台中，即將從醫科畢業，他是我高中校友，繼承醫生父親之志，也將成為醫生。我們經常一起參加活動，也常相約餐敘。自由路的一家電影旁二樓，有一家仿自台北的「作家咖啡屋」，我們都被邀在檯燈燈罩上以毛筆字題了詩行。在靠近火車站的民權路上有一家賣天丼炸蝦飯的大三元，也是我們常去的地方。要回高雄時，我們買太陽餅一定是自由路那家太陽堂，有顏水龍向日葵標誌的。我也認識一些年輕的女詩人，但大多是點頭之交。

開始嘗試譯介外國詩，是那時候的事。在我的批評文章引起風波後，我把視野轉向世界的詩。一位朋友拿給我一本英國的文學刊物*LONDON MAGAZINE*，我試著把一輯坦米爾人詩抄翻成中文，也試著去了解在印度追求獨立的坦米爾人何以有「坦米爾之虎」游擊隊。詩流露著弱小民族的滄桑；我也在一本企鵝版的捷克詩選，選擇了巴茲謝克（A. Bartušĕk）的四十多首詩；還譯介了美國歌手，詩人羅德・麥克溫（Rod Muckun）的詩集《傾聽溫情》在我就要去任職記者的報紙副刊發表。

巴茲謝克的詩隱喻了捷克布拉格之春的歷史，詩人怎樣面對政治？我似乎從這位也修習歷史，取得藝術史博士學位，在國家博物館從事研究的詩人作品裡找到精神的出口。語言是詩人唯一的武器，隱喻是面對政治權力的力量，我的詩從青春過敏性的煩惱轉而出現反戰的鎮魂之歌，是因為服役時在清泉崗常常在越戰氛圍感知戰爭之惡，沉澱在心裡的經驗湧現出來，找到語言的出口，呈現在詩裡。

青春過敏性源自少小之時的孤獨，而延伸出青春腐蝕竟已然烙印更多人生閱歷的形跡。一位戰後日本詩人說，如果你是詩人、軍人、醫生，你就會了解人生悲慘的根源。那是一位經歷過太平洋戰爭，在戰後的日本面對廢墟般荒地，覺悟要走過去的詩人。我也有我面對的荒地，我也覺悟要走過它。我要以詩印記在我的青春，印記我的人生。

9. 浮雲

結束高中教職，正是暑夏季節，我開始在高雄一家報紙的台中分社擔任記者，主跑的是文教新聞。比起以往每天一早就要到學校，新的工作較有彈性，常常是上午十時左右才去市政府新聞聯絡室報到。一些記者會先到那兒交換新聞情報，看看議題，然後就到教育局串門子，看看有什麼事情。

剛開始時，還是有些不慣。比起教書，太動態了。原來跑新聞不只是在一些機關等新聞，還要到有新聞的地方。不過，文教新聞還算靜態，教育方面無非各級學校的人事物，而文化新聞則是當地藝術家、文化人的動態。所幸，被視為省城的台中，區域並不大，市政機構大多在中心區，府會也鄰近，距我住家也幾條街之隔。

每天午後，記者們都會回到報社寫稿，並將各路線記者的稿件一起打包，由工作人員帶到火車站，送上台鐵的固定班次快車，寄送到總社所在地的火車站，交由報社人員領取。截稿後的急件就經由傳真寄送。大約二點到五點時間，辦公室的記者同事，大家振筆疾書。每天大約要寫個二千字到三千字，多篇報導，也包括署名的特稿。

稿子交出寄件後，就鬆了一口氣。記得，因為跑文教新聞的關係，我也認識了一些居住在台中、隨國民政府來台的藝術家、作家、詩人。有時，也應邀參加聚會，那也擴大了我的見識。本土的、外省的、出身不同、境遇不同，儘管一樣畫畫寫作，但不同的歷史際遇也反映在生活情境。

從中華路轉到公園路，除了夜市還有一些舊書攤，福音教會就在街上，形成某種風景。我常去一處詩人擺設的舊書攤看看有什麼書，也把在其他書攤買到的三〇年代中國詩人詩集，拿去給同樣擺書攤的詩人看看。從軍中退伍，以擺書攤謀生的詩人知道我曾在他所屬的《創世紀》發表過詩，很喜歡跟我交談。後來，他知道我曾在《草笠》批評過他們詩社的老大，也不覺得怎麼樣。我常聽他談到從中國被拉入軍隊，糊里糊塗一路跨海來到台灣，從啃饅頭過日子到擺舊書攤營生的滄桑。

因為擔任文教記者，我也報導過擺舊書攤的詩人。看他談到詩那種彷彿生命裡因為有詩而願意活著的一股勁兒，我心裡也有一些敬意。雖然像我這樣讀詩，也寫詩、並嘗試著譯詩的人，也不盡讀得懂他的詩，常常是一些誇張的語句，似乎要燃燒生命，一些突兀概念，說什麼超現實主義，望文生義，後來又成為中國的超現實主義，在西方化與中國化之間擺盪，迷惘中像在追尋什麼，語言中的一些誇張手勢揮舞著。

春天女孩從專科學校畢業了，曾經和我在一張小小單人床，談著談著就那麼睡著了的她，常常在晚上來到我的住處。在自己家經營的鐘錶店幫忙的她，散發一股青春的氣息，比起我常想起的初戀女友梨花，在高中年紀就像冬天，讓人感到某種冷意，她有一股熱情，一股春天的暖意。

有一晚，春天女孩把她裝框的相片放在我書桌，說是要看著我。她來找我時，我正在寫一些東西，想起自己失去的戀情，一種不復返的戀眷。我因這樣的戀眷的糾葛不安而未竟高中學業就離校，想要過浪蕩的一生，先去當兵。但後來又考進大學，修習了歷史。但在一次逆反之旅，並無法挽回自己先說要拋棄的戀情。在島嶼南方，有我遺落和失去的夢。我執意在那夢中，但春天女孩似乎在推開我那個夢。

那一晚，她又留下來陪我。看著她，梨花的影子彷彿過去的春夢又在我眼前出現。我們少小的戀情經歷的肌膚之親，一幕一幕在我心中浮顯。曾經引領我手探觸她身體，又共同經歷了初愛，烙印了愛的痕跡。那些已成追憶的往事似乎纏繞著我，而且又引領我的手纏繞春天女孩。我們相互脫卸了身上的衣服，在時間的過去和現在糾葛的氛圍裡，我端視她裸露的身體上白皙的肌膚，撫摸著她的胸口，並且把自己的頭沉埋在那彷彿山谷的乳溝裡。閉上眼睛的她，只有喘氣的聲音，身體蠕動著，依附我的身軀。我知道春天的女孩不是梨花，我輕聲喚著她的名字，她的名字有雲，彷彿一片雲，飄來與我相敘。

比起初戀時，兩個還是高中生的生澀沉重愛戀，新的戀情輕盈多了，既不須煩惱學業，也沒有其他負擔。就像一片雲，她飄然而至，又飄然而去。她從不過問我曾有的戀情，只滿足於相互廝守時的歡愉。一位開朗的女孩在不怎麼開朗的我的人生裡，彷彿是一些笑聲，清脆悅耳。有時候，她會問我一些採訪新聞的事情，她也會談在家裡鐘錶店的點點滴滴，還透露說她是福州人的家庭，並且以母語調皮地講一些笑話。什麼「福州田太多，厝燒了了。」意思是：「胡椒摻太多，嘴燒了了。」從日治時期以清國僑民定居台中，其實她的家族早已是台中人。

春天女孩讓我從失落的初戀裡重拾新愛。我把梨花藏在內裡的一個角落，在新的戀情裡迎向人生。我不知這一片雲是我人生的過客，或停泊之所，也不想知道，不像初戀時那樣一心一意地寄託。不想讓戀情成為鉛錘繫住自己，不想重複那種難以言喻的痛，只是輕輕地用手細心地托住浮在其上的雲絮，一種無以言說的輕，不在心裡形成負擔的輕。

有一晚，我去拜訪在師專任教的一位畫家。熟悉「五月」、「東方」畫會，也曾師事李仲生的這位畫家，畫畫也寫評，對於時興的抽象藝術有一些見地。我是在一次台中地區畫家的聯展時，在他畫作前端視良久，他走到我身邊跟我寒暄時，約好了去畫室看他。說是畫室，不如說是教師宿舍的一隅，把一個房間當作畫畫的地方，一些美術書冊就在牆角的書架上。這位對藝術思潮具有興味，也頗健談的畫家和我一起欣賞他的作品，談了在台北的美術界，有一種熱情洋溢的夢想。

我向他提到日本小說家芥川龍之介的一篇短文〈泥沼〉，是述及畫展裡，有一位作家在一幅無名畫家的作品前凝視許久。一位記者好奇地問說何以然？這位作家以「傑作」讚歎那幅作品。而這位記者向作家說，畫作的那位無名畫家不久前才自殺身亡的故事。在文學藝術領域，作品的條件和作者的名聲常常不一定成正比，走文學和藝術這條路就必須面對這樣的殘酷現實。

從畫室回到住處，看見屋子裡亮著燈光。春天女孩常飄然而至，應該是她吧。有房間鑰匙的她，可以自由出入，但有時候我未必在。打開房門，我看到側睡在床鋪的她，等太久睡著了。我沒有叫醒她，只把房間的燈關了，靜靜地陪在旁邊。但沒一會兒，她就醒了。轉過身來，她的一隻手繞到我的頸項，嘴唇觸及我的嘴唇，熱烈地親吻起來。昏暗的房間只有從窗口照進來月光，一輪正逐漸上升的月亮像一盞燈，從高高的天空照下來。我租居的二樓洋房屋頂層加蓋的木屋彷彿被月光梳洗著，那微光照著春天女孩的肩膀、髮絲，有一種朦朧的美，好像一座森林，而我正走進森林，並迷失在其中。我翻過身來，讓她平躺在床面，輕輕地脫掉她的衣衫，讓月光灑落在她的乳房，並用手撫摸她的臉，從她的耳際而頸項，而胸口，而肚腹，而股間，並且燃起激情的火，兩個人就這樣廝磨著。第二天醒來，陽光從窗外照進來，彷彿聽得見屋外路樹的葉子被微風吹動的聲音，而鳥的吱喳聲也在耳邊交響，還有車聲。

白天跑新聞、夜晚寫作。白天是工作、夜晚是興趣。寫自己想寫的詩，也寫小說以及散文，還有一些文學的評論。我知道自己不一定會在台中停留多久，在這個城市周邊當兵，在這個城市讀大學、教書、擔任新聞記者，算下來八年了。島嶼南方的童年、少年時代記憶仍然深刻印記在腦海。從島國之南恆春半島車城的不到一年小學生涯，到初中在屏東、高中在港都高雄，不到二十歲就離開。但童年、少年時代，島嶼南方海的記憶，田園的記憶、大武山的記憶、往來屏東高雄搭乘火車的記憶、高雄港的記憶、愛河的記憶、壽山的記憶，還有高中時教室磚牆上彈孔的記憶——體育老師小小聲地說的二二八事件槍決學生留下的記號，像生命經歷的形跡，在離開那麼多年，自己從少年變為青年之後，仍然那麼明晰地存在著。

也許有一天，我也會從台中離開，再向北移。為了這樣，我也注意首都的文化動態。在參與《草笠》的編輯事務之外，也思考如果到台北要從事什麼工作。我知道不能靠寫作為生，我也不願意以寫作為生。在我心裡一直記著法國作家A・紀德所說的：「如果有人限制我不能寫什麼，我會自殺。」以及法國詩人保羅・梵樂希：「如果有人強迫我一定要寫什麼，我會自殺。」的名言，我想純粹地寫作，純純粹粹，不為五斗米折腰。可以跑新聞餬口，但不要以文學寫作謀生。這是我的信念。

因參與《草笠》編務，在一期刊物發排了詩人非馬的一首詩〈魚與詩人〉：

魚
躍出水面
掙扎著
而又回到水裡的

對
躍進水裡

掙扎著
卻回不到水面的

詩人

說

你們的現實確實使人
活不了

人間的現實使魚活不了，這是當然的，因為魚活在水中。相反的，詩人活在水面之外的大地。但以使人活不了的魚的說法凸顯了詩人的困境，這首詩帶有幽默，讓人在淚眼中微笑。

看稿、發稿、編輯，接觸到許多海內外作品。自己也從中學習了許多。記得，我還以〈愛與孤獨〉寫了一位同輩詩人詩集《孤獨的位置》的讀後感。這位同輩詩人曾經與我在任教的高中共事，另還有一位也修習歷史的同事，在學校曾被合稱三劍客。我以被稱為丹麥文學之父的喬治．勃蘭德斯有關拜倫的評論，以水瓶座這一星象學關心的背景引喻的宿命，延伸的「性愛」（Eros）、「戀愛」（Love）、「同胞愛」（Agape）混合起來而感受的愛的悲傷、苦惱，加以述說。這位同輩詩人離開高中教職後，留學日本，他的《孤獨的位置》留在他的故鄉。

這位同輩詩人的父親，也是一位詩人，從日本語跨越到通行中文，經歷過一段辛苦的再學習過程，他譯介了許多戰後日本現代詩與詩論。我對戰後台灣詩缺少戰後性與時代思想，雖以現代詩為名，卻在精神上流於守舊的古典詩歌情境的醒覺，來自這樣的啟諭。閱讀我參與編輯，並落版的日本詩人田村隆一詩論，以〈地獄的發現、乾燥的眼〉評西脇順三郎與金子光晴；以〈思想的血肉化〉思考鮎川信夫《戰中手記》，不覺眼睛一亮，為那種語言喝采！也感覺台灣詩文學的隱憂。

我發表在《草笠》的一篇有關《文季》創刊的〈期待一個豐收的季節〉，對其中一些評論文章感同身受，對韓國作家全廷漢的小說評介與對文壇忙著讚賞實際上已荒廢的「錦繡河山」的自然詩人舞台的批判有感戚焉。黃春明〈莎喲娜啦，再見〉、王拓的散文〈廟〉、王禎和的劇本《望你早歸》都出現在創刊號。而有一篇以「史濟民」為筆名發表的〈某一個日午〉，我引述了其中片段，並在結尾說：「讀了這，使我想起了想像中的從未見過的某作家的臉。」那位作家就是陳映真。

春天女孩並不參與我的文學創作，她只是親密地關切我的生活。她會拿我發表的作品閱讀，對我微笑。有時，會陪我外出走走。我們在市街走著走著，在柳川旁邊的一家「純喫茶」喝咖啡。那是專為情侶設置的咖啡館，昏暗的燈光下，高背椅座的私密空間，戀愛中的男女沉溺在情境裡卿卿我我。從純喫茶出來，她往家裡的方向回去，我往住處走，兩人時而回頭揮揮手，走著走著，各自回到自己的地方。

跑新聞和寄情於寫作，工作就這樣交織。漸漸地，曾經失落的戀情被藏在心的角落，現在燃燒的是新的戀情。春天女孩從來不給我心理負擔，她彷彿也知道有一天我也會從台中離開。有時候，她會笑笑地對我說，如果離開台中，不要忘了她。我只尷尬地回應說不會的不會的，我不會忘記妳。她是不同於我初戀女友的開朗女孩，是我的天使，在我感覺孤獨的時際給予我慰藉，而且不求回報。我感到空虛的心被她填補起來。

入秋的時分，舒爽的天氣讓台中感覺更溫煦。跑跑新聞，有時候是展覽，有時候是活動，有時候是體育的運動競賽，像青少年棒球賽，我也專訪一些藝文界人士，常常出現在省府設於台中的新聞處，看到一些文化官僚推動的例行文化工事。省城因中興新村毗鄰幾乎成為相對於首都台北的另一個政治城市而得名，有一些省府機構設置在台中，在那戒嚴的時代，文化只像是妝點社會門面的包裝紙，沒有什麼意義的火花。

氣候在島嶼台灣最為適宜的台中，意外地來了一個中秋節的颱風，早早就在報社發了新聞稿，提前回到住處。為停電也作了一些燭火、手電筒的準備。趁著風勢仍然不強、雨勢也不大的時候，我坐在書桌前，翻閱著由一位德國回來的學者選譯《星火的即興》專輯，譯介為德語的一些台灣詩人作品，包括我的〈景象〉、〈焦土之花〉和〈遺物〉以及〈破滅〉是我的反戰詩，是我一九七〇年代初對戰爭的思考。眼睛停留在詩的行句之間，感覺風雨逐漸變大，呼嘯在窗邊的聲音拍打著樹梢、窗玻璃，而房門響起輕敲的聲音。我起身開門，看見春天女孩流著眼淚，被打濕的衣衫，她靠近我，在我身上哭泣起來。

怎麼了？我急急試著安慰她，一向笑臉盈盈的春天女孩傷心地哭泣著。過了一陣子，她才開口說：「家裡要把我嫁給表哥了。」抽搐的語氣一再重複這樣的話語，一字一句打在我的心坎。為什麼！為什麼？我追問突然到來的事況。她才說，小時候家裡發生火災，那時候跟舅舅一家人毗鄰，有位表姊為了救懷孕在身的媽媽，及搶救一些東西，不幸遇難。傷心的家人後來商量了如果媽媽生下女孩，就把她嫁給表哥為妻，作為一種感念、報答。但是，一直沒有讓她知道這門親上加親的婚事。這些時日，家人知道她有交往的對象，認為應該及早讓她知道這件事。不能忘了自己和媽媽的生命受惠於舅舅家的表姊。

就在那個風雨愈來愈大的夜晚，是春天女孩說要與我告別的夜晚，我們要分手的儀式，一種完全釋放感情與肉體的儀式。我有些猶疑，不知道怎樣才好。但春天女孩關了房間的燈，脫掉身上的衣物，也脫掉我的衣服。我們躺在床上對視著，雖然只有窗外的微光，在風雨中仍然沒有停電熄滅的光，但我能看到她肌膚的白皙之色，看到她胸脯的輪廓、身體的曲線，那是我的手親密巡歷過的肉體的土地。風雨聲不歇，我們的交纏也沒有止息。好像世界將走到盡頭，思緒完全從腦海排除，只剩下肉體和肉體的對話。以肢體的語言激烈地相互訴說。通過性愛的門，穿梭在神祕的生命的甬道，像一種旅行，不是以觀照而是以觸撫，兩人相互攀登著暗室的岩壁，潮濕的壁面滴落水珠，而我們必須緊貼著濕滑的路徑，緊緊地手牽手免於被絆倒。

一整夜的風雨遮蔽了月圓的氛圍，一個不是團圓而是別離的中秋夜，我們以肉體的語言相互告白，試著為短暫的戀情留下註記。在我的高中教師生涯和新聞記者生涯之間，一個偶然相識的女孩，她像春天，也像一片雲，停留在我人生，又要飄走了。在訴說分手的儀式，我們互相在肉體上留下離別的記號，像隱匿在肌膚的透明水印，要在特別想念時才會浮顯。這樣祕密會伴隨她的人生，也會陪隨我的人生。是的，就是一種儀式，一種短暫的愛戀印記在心裡的儀式，儀式裡藏著一朵雲，會在春天的晴空中向我拍打回憶的密碼，這浮雲也在我心中的一個角落飄移著。

10. 情念

與春天女孩分手，並不感到特別的傷心。比起初戀結束時，那種被撕裂的感覺，心情出乎尋常的平靜。一片浮雲從我心靈的天空飄走了，但彷彿看著她仍在我的視野裡，在仍看得見的地方。只是，兩人之間已不能經由觸撫相互感知存在，不再是相互有體溫的連帶，而是一種記憶。這樣的記憶在白天的工作時間會被隱藏在心的角落，回到住處的夜晚才浮現。不是痛，而是一種緬懷，一種想念。

書桌上有一個精裝書型的筆筒是春天女孩留下來的。筆筒中的鋼筆直立在我端坐的書桌前。我常想起，有一回我們一起談論有關星座時，她笑著說天蠍座的男人在書裡被描述的沉穩與意志力，就如我手持鋼筆在稿紙上書寫的神情。我第一次讀到的星座書是春天女孩帶給我的，出版社就在她家鐘錶店隔壁。一隻公雞的商標印記在書背的角落，書系還有許多譯介自日文的「記憶力」、「學習力」、「性向」

等。我從筆筒拿起一支鋼筆，在稿紙上留下字跡時，會從各種記憶離開，專注於思考新的行句。

夜深時，自己一個人躺在床上，記憶會浮現。浮雲飄浮在白日的天空，夜晚的黑幕是星星點綴的。春天女孩聽命父母嫁給表哥，應該會幸福吧！我這麼想。兩人交往的時間不長，但從來沒有像初戀時與梨花之間的起伏，只感受一位年輕女孩的溫暖愛意，一種超乎年齡的穩重。是因為在家裡的鐘錶店培養出的待客之心？笑臉盈盈，體貼入微，甚至在說出了指腹為婚而要分手時，也只是將愛戀相互印記在肉體作為符號。

是因為我尚未安定的心嗎？是因為我會再從省城的台中向北漂泊，甚至再從北地流落他方嗎？還是，初戀雖然結束，但梨花仍然在自己心中深深印記著？我不知道自己的感覺，只知道自己仍然一樣在報社的新聞採訪線上工作，下班後在自己的租居繼續寫自己想寫的東西，看自己想讀的書。感情的心空出來，有一種既像空虛又像茫然的感覺。

《草笠》有一年年會在台北舉行時，我從台中與會，年會在自立晚報備用會議室，與會的同仁包括了年長世代、中堅世代以及年輕世代。後來被喻為《草笠》四季詩人的四位同世代，從那時起成為至友。包括春的曾君、夏的鄭君、秋的我以及冬的陳君。我們四人投宿在台北火車站後的一家小旅館，夜晚一起逛重慶北路夜市，在海產店喝啤酒喝到醉醺醺，在一個算命攤，女算命師為我們四人看相。我記得她說曾君很快就會結婚，說我會娶一位漂亮妻子。四個人從後車站走到站前廣場，坐在噴水池周邊談天說地，看著四周的霓虹閃爍，看不到天空的星星。我脫了鞋子，撩起褲管走入噴水池。藉著酒意，似乎在時空之頁寫下幾行狂草。

這樣的回憶也在《草笠》九週年年會於台中舉行時，又浮現出來，而同輩的陳君已去日本。這一屆年會舉辦了一場德譯台灣詩選《星火的即興》（*Improvisation des FUNKEN*）討論會，以「星火的對語」為名。從德國海德堡大學回來的梁君和一位德國詩人共同譯介了一些台灣詩人作品，以「海島的歷史」、「心中的形象」、「響歌」和「旗幟」四輯呈現。在三十首詩裡，有我的四首詩，是我一九七〇年代初期的反戰詩，其中包括後來常被提到的〈遺物〉。在這之前，在美國的詩人非馬也和一位美國詩人以*THE BAMBO HAT*譯介了《草笠詩選》，我的兩首詩是

〈遺物〉和〈光裸的背面〉。

〈遺物〉是一首以女性為訴說主體的詩，我的一九七〇年初期詩，呈現反戰的主題。或許是因為受女性之愛的影響，也受到軍旅經驗的影響，覺得自己真正走上詩人之路、寫出真正的詩，也因為寫了這樣的作品，不再只耽溺於青春過敏性的煩惱，而是從一己的我的局限擴大出來，探求作為人的感情與思想。

那時候，在《草笠》讀到詩人陳千武翻譯的「田村隆一日記抄」，是這位日本詩人一九六七年春的一些記事。記載的是戰後具有代表的詩人生活、文學活動。有趣的記事也留在我心裡，譬如為森永牛乳的P．R誌寫〈牛〉的詩，稿費有二萬圓，詩題就仿牛的叫聲：〈MORE〉。提到一次文藝座談會，詩人西脇順三郎、金子光晴、吉田一穗像父親；說自己與《荒地》的詩人是因戰爭而昏了頭的長子；次子是中學時代僅吃甘藷長大的大岡信或飯島耕一；最年輕的是天澤退二郎；長女是茨木則子；次女富岡多惠子。還說有沒有私生子？以及死去的兒子是吉岡實。這種思考和想像力讓人覺得新鮮，我對日本詩人的認識也是這樣來的。

在渡邊武信的以「從感覺的至福到哀痛的覺醒」為副題的〈大岡信論〉，讀到他有關法國詩人保羅・艾呂雅的〈詩人之死〉，對於這位超現實主義詩人有較深刻的感知，作為共產主義者的艾呂雅，在納粹德國占領法國時，是地下反抗軍的成員，顛覆了台灣一些標榜現實主義卻誤導這個文學運動只是內向化、無關於現實的認知。戰後日本詩是從戰敗的破滅感出發的，左派、右派、自由派莫不具有這種時代意識。

而台灣呢，以中國來台詩人主導的戰後詩運動並不具有戰後性。中國來台詩人的視野裡，似乎只有日本侵華的八年抗戰，國共內戰被國策簡化為反共抗俄的牢結。而台灣本土詩人在跨越國度，跨越語言的雙重困頓似乎也只能學習從瘖啞重新發聲。一九六〇年代出發的《草笠》比一九五〇年代登場的《現代詩》、《藍星》和《創世紀》幾乎慢了十年代，幾乎也沒有辦法反思自己歷史的條件。透過對日本戰後詩及世界詩的譯介，算是稍稍開啟了因國度轉換而被關閉的窗口，我常常這樣想像《草笠》一些前輩詩人的際遇，也繼續從一些譯介汲取戰後世界詩的風景。

記者的工作雖然緊張但也算自由。每天下午的交稿已經習慣了，一些採訪加上一些地方版的邊欄，在下午四點以後就離開報社了。上午的一些路線採訪也大多是預先計劃，除了市政質詢要注意到文教類事件，其餘也常常是各報駐在記者互通聲息的作業。我因為自己的興趣，特別注意作家畫家的動態，有機會就加以報導，也結識了一些藝文界朋友，雖然忙碌，卻充實。

有一天夜晚，吃過晚餐，回到住處後，在信箱拿到一封信，是在台北的簡靉寄來。她常常會寄我愛用的稿紙給我，有時也夾寄一些小禮物，書桌上有一個紙鎮和拆信刀，就是她送的。打開信，她說心情不好，想要來台中找我，而且時間正好是晚班火車到來的時分。我稍稍梳洗，匆匆忙忙梳理一下儀容，又離開住處，趕到火車站。

在南北縱貫鐵路中間點的台中火車站，深夜也有南來北往的列車停靠，公路局東站和客運車站都在這個區域，有一座噴水池形成廣場的匯集之點。人們常在噴水池旁等待搭車或等候朋友。記得，有一年，我接獲通知說獲頒一項優秀青年詩人獎，另外一位得獎者也是在中部彰化鄉間的詩友。要去領獎的他和拒絕領獎的我在噴水池旁交談，等待他搭夜車去台北領獎。後來聽他談領獎的不愉快經驗，提到有一位和他不相識的年紀稍長詩人，正好坐在他旁邊，和另外的與會者竟批評起他的詩。領獎時叫了他的名字，那人一臉尷尬的樣子。在等候簡霻時，我想起這件事，不禁笑了起來。

台中火車站的出口正好在鐵路餐廳旁，賣簡餐和咖啡、茶點的空間明亮寬敞，也是朋友晤談的場所。看到簡霻走出收票口，我向前去接她，看她露出微笑後卻向前抱住我哭了。我有些納悶，怎麼了？有委屈嗎？也沒問什麼，只兩人一起朝向我住處，走著走著。站前中正路有許多店鋪都關了，再左轉自由路、民權路，大多只有路燈的光投射在路上。我們從市政府旁轉入府後街，不久就回到我住處。

簡霻揹了一個旅行布包，我幫她拿著，從庭院側梯走上位於屋頂層的住處，把包包放在椅子上，簡霻看起來有些疲憊，她說想睡一下，就在我的單人床躺下來，並閉上眼睛。我把天花板的燈光關掉，只保留書桌上的一盞檯燈，拿起一本書看，但心裡忐忑不安，拿起筆在桌上的紙頁寫下一些雜亂的句子。

睡了一會兒，簡霻醒來。她說打擾了，也為她造成的麻煩抱歉。我沒有單獨和她相見過，只知道她有交往的男友，在一場，在港都高雄我原本要參加但因事沒有出席的活動，她結識了男友。後來，我們在一個藝文活動碰面，我給了她通信的地址，常常會接到她的信；談的是一般事況，她知道我愛用的稿紙以後，常常寄來給我，是一個開朗熱情的女孩。

在台北的大學修習英文，也副修日語的她，喜歡文學，卻沒有真正在寫作。她會剪貼我發表在報紙副刊的小說，在信中分享她的心得。我和春天女孩交往期間，她約略知道，卻從不問我相關的事。對我來說，她一直只是在台北念大學，一位可愛但並不親近的女孩，只偶而在信件讀到消息，在我用她買給我的稿紙寫作時，會記得她的體貼人意，我也默默祝福她的戀情。

那晚，我們不眠地交談。她坐在床沿，我在書桌前的椅子。談著談著，我們走到室外露台，四周的住家燈都暗了，只看到盞盞路燈的光影，偶而有車輛經過的聲音，車燈閃過又暗了，天空沒有什麼星星，也沒有月光。因為頂樓加蓋的其他房間，也有房客，是醫學生，已睡了。我們低聲談話。簡鬉告訴我，她與男友分手了。因為心情不好，才想到來台中找我，散散心。

第二天，我們一起到台中公園划船，並在市街逛了一下。去幸發亭吃蜜豆冰，在一家咖啡館午餐，喝了咖啡後，我送她到火車站。因班車時間要等，改搭公路局國光號回台北。一個晚上，加一個白天，我和簡鋑熟稔起來。兩人招了招手，看著巴士，駛出車站，我才回到住處呼呼大睡。

就這樣，我和簡鋑交往起來，幾乎隔週的週五，她都會從台北來台中，在我住處留宿。期間，我也常常接到她的信，一些日常生活的感懷、謀業的狀況等等。信裡親密的語氣更把兩人連繫起來。梨花的影子幾乎從心版模糊掉，春天女孩的笑聲也彷彿遠去，感覺有些空虛的心就漸漸被簡鋑的氣息填光了。

簡鋑的家在港都，暑假會回去一段時間，有一陣子還讓我感到不太習慣。一個月不見，她從台北回到自己家，享受親情之樂應該還會稍久。這麼想著想著，我從報社回到住處的一個黃昏，看到等候在住處大門附近的她。還是一樣帶著包包，像要短程旅行的樣子。

我帶她到一家叫做「後引」的日本料理店吃晚餐，走一小段路繞過市政府就到了，回到住處也近。我們吃了一些壽司，也喝了清酒。帶著一些酒意走過暈黃路燈照著的市街，兩人牽著手。簡鋑突然說像不像一對情侶？我笑了，她也開懷地發出笑聲。當晚，我們情不自禁，親吻起來。在單人床，兩個人的身體緊靠著，好像相互尋求連帶感，互相脫掉衣物，在對方的肉體烙下印記。

比起梨花冷漠的外表下的熾熱，比起春天女孩天真無邪的情懷，簡甕有著更具女人味的成熟。如果說，梨花是冬天，春天的女孩適當地顯示了她的季節感。那麼，簡甕應該就是夏天了。從玄冬、青春到朱夏，不同季節感的戀情對象在我心的版圖描繪不一樣的季節風景。朱夏，紅色的夏天，我感覺到簡甕的情熱，一種燃燒的男女之愛既是心靈的，也是肉體的。

夜的體裁

月光從窗口伸進一把剪刀
把我們裁成一個人
為了逃避現實
捉迷藏的遊戲夜夜存在著
有時是用妳柔軟的前胸將我覆蓋

有時留著我的背肌
面對張牙舞爪的夜空
從來不願拋露我們的臉

讓我守護著妳吧
讓我守護著妳吧
祇一個人受苦就可以了
沉溺在水平線
海的渦流輕蔑地移轉我們死魚般的
身體

這是我以「女體詩抄」為輯名，在《草笠》發表的詩作之一。似乎想在暗鬱的現實中經由肉體的撫慰來穿越時間的灰暗。戀愛的情念像火，也像光，給人溫暖也給人明亮，給人希望。從離開南方的家，經歷軍旅，再回到學校修習完大學的學業。投入社會，教書以及新聞記者的工作。在省城台中的我，一面寫詩，寫小說，也參與詩誌的編務，但對於人生也感到茫然。自己的未竟之路要怎麼走下去？有時我也會自問著，並且嘗試找答案，但並沒有自己滿意的答覆。

在詩行，在小說的情節，都顯露我人生的投影。存在主義或說實存哲學被談論著、一些譯介的書在文學青年之間流傳。一九五〇年代就獲諾貝爾文學獎的卡繆及一九六〇年代獲諾貝爾文學獎的沙特的一些小說，哲學以及一九七〇年代帶動女性主義風潮的西蒙．波娃，也都是顯學，我也多少沉迷其中，自己的言說以及生活觀不無受到影響。青年過敏症的煩惱加上一些淺薄的哲學意味，成為留著長髮特立獨行的樣子，但心裡是徬徨的。

簡錂回到港都的家繼續她的暑假，寄來一封長長的信，她要我利用時間南返，一起度過共同的時光。有了肉體的連帶以後。感覺不一樣，人間關係更為親密起來。友情與愛情畢竟不同。雖然有所謂的柏拉圖式的愛，但不經過肉體之門，真正的男女之愛不會成立。也思念簡錂的我，選擇了一個假日回到高雄家中，在家裡住了一晚，次日就依信上之約，與簡錂在愛河附近的大業書局見面。兩人約略在書店看了一下書。這家書店是高中開始寫作時常利用課後時間去選購文學書的場所，在五福路上，距港口和愛河都近。

我們漫步走向愛河。上午的時間，陽光照在河面反射出強光，不像黃昏時有人划船。沿著河邊的散步道，愛河一端通向港灣，另一端是人工運河。似乎引入家戶或小型工廠排放的廢水，一條原來浪漫的河川，因為被汙染而失色。我想起高中時代與梨花一起在愛河划船的往事，但我沒有說出來。過去的戀情和現在的戀情在一樣的場域連繫起來，男與女的人生際遇有偶然也有巧合，印拓在時間的布匹或許也印拓在流淌的河水。

在鹽埕的堀江市場吃了虱目魚粥和菜粽。這也是記憶裡和梨花一起的經驗。一條長長的商店街、一些舶來品衣飾店穿插在飲食攤之間，男男女女穿梭在巷道，擦肩而過。這樣的記憶重現，但過去與現在不盡相同。用了簡單的午餐後，我和簡霎又走回五福路，在大業書店對面的一家咖啡館坐下來。一面喝咖啡，一面看著大業書店，想像從前自己揹著書包走進去，買了A・紀德的《地糧》走出來的情景。坐在我對面的簡霎看看我，她並不知道我想著什麼，只是對我微笑著。

簡㚆提議去她家坐坐，午後我們沿著五福路走過愛河上的橋，走過一座天主教堂，走過高雄女中校園，走向簡㚆的家。併了兩戶的一座透天厝，樓下是診所，樓上是家屋。走過診療室時，簡㚆向她的醫生父親介紹我，但只相互點了頭，我們就從一樓後側的樓梯走上樓。媽媽外出，只有阿嬤坐在起居室的搖椅，我趨前向她致意時，她老人家伸出雙手緊握的，對自己孫女帶來的男友很親切地招呼。

簡㚆的房間放了一架鋼琴。練過琴的她回到自己房間，喜歡彈彈鋼琴，我站在窗口向外望時，她的鋼琴聲盤桓在我耳際，小奏鳴曲的輕快音韻讓暑夏的悶熱清涼起來。鋼琴聲停止後，簡㚆走向我緊抱著我，我們擁吻，感覺又溫熱起來，簡㚆提議出去走走。向仍然在起居屋閒坐的阿嬤打過招呼，走下樓，簡㚆走向她父親說了幾句悄悄話，我們走出她家。

在五福路走了一陣子，簡㚆揮手叫一部計程車。去覆鼎金的金獅湖走走吧！她說。原來這是一個水利的人工湖，灌溉用的湖。周邊打造成像一個小公園，湖上還設置了涼亭。我們並沒有在小公園走走，而是進了一間設在湖畔的旅店。進入房間後，我們像延續著在簡㚆家裡她房間內親密擁抱、相吻的樣子，簡㚆比在自己的家更率性地對我示愛，就像點燃的焰火熾烈地燃燒開來。就像我在入夜來的體裁詩裡相互用肉體守護對方的情景。

一直到黃昏時分，我們從午睡醒來。看著窗外的陽光暗下來，才穿好衣物離開。我送簡黲回她家後，又回到自己家裡。看看家人在夜晚一起晚餐，有一種溫暖的感覺。從入伍以後，家已經變成我短暫停留的地方，有些像少小時候寄居在外求學。但少小時會感到孤單，進入職場後的離鄉感覺是成鳥離巢，是應該成熟面對的生活情境，不是孤單而是承擔自己責任的某種考驗或壓力。

入睡時，想著黃昏才分手的簡黲，她應該也入睡了。腦海裡浮現著躺在身旁睡著了的她，就像夏天一樣的女孩，熱情爽朗的她已在我心裡占據了一個位置，又把我空虛下來的心填滿了。熾熱的情念彷彿為徬徨在人生之途的我敲打著鼓聲。

11. 朱夏

暑假過後，簡鋖又離家寄宿台北。她仍然每個月，或每半個月就會到台中與我相聚，我們像戀人那樣，稍稍分開就想要相聚。台北離台中不遠，火車或公路局車也都要三個小時以上車程，照例我都會依她信上所約時間去車站接她。大約都是入夜時分，見面後就先一起去用晚餐，火車站有一家賣咖哩飯和天丼的餐館常是我們的去處，用完餐後，沿著民權路就可以回到住處。

新的戀情取代了舊的戀情，梨花小我兩歲，春天女孩小我四歲，簡鋖小我六歲。她們和我交往時，年歲大約相同，而我則和她們年紀相距愈來愈大，感覺自己更為穩重。但簡鋖比起梨花、春天女孩，都讓我感覺成熟多了，也更有自信。她很獨立，也很有自信，會撒嬌但不會擺出小女孩的樣子，常會為我打點一些事情。

我並不抽菸，雖然服役入伍時，偶而因為好玩，也和老士官一起吞雲吐霧，但都是玩玩，自己的香菸配額也都給了連上的老士官使用。有一次，我和簡霙去看了一部電影，片中的男主角抽菸斗的表情，極為灑脫。怎麼樣，要不要也抽菸斗？她還真在台北買了一支小巧短截的菸斗，是玫瑰花的樹根做成的，又買了外國品牌的菸草，她來的時候，我就在住處抽起菸斗。短截的厚實的菸斗握在手中，有一種怡然自得的情趣，放入菸草，點燃後咬著菸斗，吞吐起菸霧，似乎穩重多了。其實，我常常只是咬著沒放入菸草的菸斗，過了一陣子，可以感覺到玫瑰花根的木紋質地更有光澤，彷彿女性經常被觸撫的肌膚，呈現某種光采。

有一回，簡霙的父母親有事到台中來，約了一起用餐。簡霙、我和她父母四個人在中正路上一家電影院對面，一家叫做「沁園春」的館子午餐。簡霙的父親戰前去日本念醫科大學，戰後回到港都開設接近小醫院規模的診所，患者很多，還請了好幾位醫生。他看起來嚴肅，卻有紳士樣子，母親是典型的家庭主婦，有一種溫婉的風格，協助丈夫的醫療事務。用餐時，簡霙不時為我挾菜。反而是她母親要她自己多吃一點。餐中沒有什麼話語，異常安靜。聽說你大學修習的是歷史，這樣的一句問話突然在我耳際響起，我點點頭，是啊是啊回應，讀歷史，教書或做記者……

話語裡有一種相對醫生似乎不那麼光鮮的定位。簡霎看了看我，她母親只是平靜地看了看她父親。餐後，她父母說要回南部，並且要簡霎放假時間要多多回家，不要到處趴趴走，不要忘了阿嬤會想念她。我們送簡霎父母去火車站，看著他們去搭觀光號列車離去。兩人回到住處，簡霎直說爸爸很嚴肅，但他很疼她，要我不要擔心。

當晚，我們沒有外出用餐。午睡醒來已入夜了，沒有打開電燈的小小房間，陽光逐漸褪去，玻璃窗外略有玻璃格分割的光暈，似乎把風景區隔成一個一個小小方框。黑色渲染的景致只是一種感覺的形色，光與影交織在一起，逐漸暗下來。簡霎的手摸著我的臉，我的頭髮，她把身體緊密靠擁著我，頭就埋在我的頸項之間。我可以聽到她逐漸增大的呼吸聲，也感知到她在我身上移動的手。

愛戀的儀式是經由肉體進行的儀式，有時並不需要話語。在黑夜替代白日的時分，我們先是經由手的觸撫，點燃火苗，然後燃燒成火焰。我們相互褪掉衣衫，用手在對方的身體梭巡，彷彿在梭巡自己的田園。有山峰、有平原田野，有河谷溪澗，用身體的語言而不是話語，盡情地在已燃開的火焰中向對方印證自己的愛戀之心，兩個身體成為一個身體，忘卻一切，盡情地使對方愉悅，一直到火焰熄滅，恢復平靜，才互擁著又入睡了。

梨花和我的戀情是在港都高雄，那時我仍是高中生。初戀彷彿在禁忌中發展的劇情，有些生澀，但卻是最初的銘刻。春天女孩的戀情在台中，是我入伍當兵之後的大學時代到真正踏入社會，教書和擔任新聞記者之時，兩人分手是因為她父母曾為她指腹為婚，要嫁給捨身救了媽媽的表哥兄弟。簡霎和我都家居港都高雄，戀情進行時她在台北，我在台中，在報社擔任文教記者，兼事寫作。但是，在我心裡常常感覺梨花、春天女孩和簡霎重疊在一起，她們三人其實是一個人，感情累積在簡霎身上。

作為一九二〇世代台灣詩人的長子世代，我輩出世一九四〇世代的詩人們，在文學界登場了一段時間後，一九五〇世代也登場了。被以青年詩人看待的我輩，又更年輕的詩人成為新進。他們不只在已有的詩誌投稿，也辦起詩刊。有許多是以大學社團刊物的方式，有些則跨校際聯合，形成文學青年的新勢力。我也受邀到學校文藝社團或詩社去座談演講。記得，有一次到台中師專去參加詩社的座談會，剛好停電，大夥兒還到教室外面的草坪上，繼續討論，更年輕的寫詩朋友似乎想從已出版一本詩散文集，仍持續發表詩與小說的我，了解我走的路。我也應幾個大學的校園詩刊之邀，寄作品給他們發表，甚至也有高中高職的文學青年辦起詩刊，寫信來索稿，我大多會應允他們。新的世代已然形成，在不同的時代有不同的世代加入，形成多世代在每個時代揮灑的文學光景。

即使這樣忙於自己的記者工作，也忙於寫作，我也對未竟之路感到徬徨。職業的收入較為正常，但不豐厚。寫作的收入則微薄而且斷斷續續。台中作為省城，雖有文化城之稱，但內涵並不充實。比起首都台北，似乎有一段差距。《草笠》在台中發行，《台灣文藝》則以台北為基地，主要的文藝活動大多在台北，主要的報紙、雜誌也以台北為基地。因為簡甕在台北，有時我也想到是否從台中北上到台北發展，但一時之間並沒有下決定。比起台北的燈紅酒綠，台中似乎寧靜安穩多了。就有一位美國詩人來過台中，在東海大學短期講座，還在詩行裡留下「台中，即使下雨時，也像個婦人」這樣的觀感。

簡甕是我徬徨時的撫慰。夜晚，我一個人坐在書桌前，看書或寫作時，我常常銜著煙斗，有時並沒有裝上菸草，間或拿在手上。裝上菸草，點燃後有一股香氣瀰漫在房間，吞吐時有一種自己也不盡能描述的風情，但嘴裡會感覺苦澀。書桌上放置著一個水晶鈴鐺，小巧可愛，搖晃時會發出清脆的聲音，這都讓我和簡靉連帶在一起。相聚的時間比起分開的時候總是漫長得多，戀人之間就是這樣，又不是夫妻。夫妻會怎樣呢？

我並沒有想到和簡靉結婚的事，僅只於愛戀，兩人從沒有想過或談過建立家庭這件事，簡靉的家裡或許會安排她畢業後出國深造，而我漫想過浪跡天涯的情懷。結婚的連帶是某種繩結，是準備一生相守的。如果要執著於寫作，要以詩人、作家走一生之路，我一直以來的感覺是與建立家庭無緣的。對於梨花，我不就因此無情地建議分手的嗎？即使我想她，去看她，也只是默默地路過她家門，期待會相遇，而不執於相見。就是這麼矛盾的情境，春天女孩要結婚時，我給予祝福。因為我對她的愛還未發展出與她相互廝守一生的程度。而簡靉則只在發展之中，熱烈的愛戀像夏天的太陽一樣，但我還沒有想到要走上婚姻之路。

與簡靉的交往是偶然形成的，她在我心靈空虛但平靜的時候闖入，擄獲了我，讓我再燃愛戀之火，我似乎從她肉體的溫暖得到某種拯救。有一回，我想像脫掉衣物的她的身體是一株樹，是我依附的某種象徵，我不把她比喻為一朵玫瑰花，她不只是玫瑰花，她有比美更大的力量，成為一種支柱。在我的一首詩裡呈顯著：

樹

女人的身影
在鏡前映照一株樹的孤單

表層已剝落
露出淨白得令人顫慄的樹身

這是一個微妙的暗喻
在雪的國度的一個暗澹底構成

我們對世界抗議的
愛的敘說

簡霰看到發表在《草笠》的這首詩時，她看著我。那時，我們剛從火車站走路回到住處，迫不及待從書桌上拿起剛出刊的雜誌翻閱，在翻到這首詩時，細心閱讀著。她是比起梨花和春天女孩，更有機會也更會閱讀我作品的人。她似乎也覺得自己的熱情與愛可以撫慰我。我的一九七〇年代詩，從初期鎮魂之歌裡的反戰，女體思維，逐漸發展到反體制的野生思考，逐漸烙印政治印記，她是見證者，也是守護的人。從台北到台中來，交通的奔波，她不以為苦。短暫的聚首，相互在情愛的火花之中以肉體的回音計量愛的距離。每次送她到火車站或公路局站搭車回台北的週日近黃昏時，我都會有難捨難分的感覺。

有時我們會簡單用過晚餐，有時候我會在經過一福堂時買一些麵包讓簡霰帶著。她搭上公路局國光號車時，都會選擇右邊靠窗的位子，車輛出站時，駛經中正路，我就跟著緩緩開出的國光號走在路邊，兩人相互揮手，看著她的臉和手勢逐漸消失，我才走回去。一個人會感覺孤獨，但簡鼕回台北後也是一個人，我們這樣敘說兩人分別的情境。

簡鼕的畢業典禮，我並沒有去參加。我知道她父母會從高雄北上，專程去參加女兒的畢業典禮，或許她會和父母一起南返。沒想到第二天，她在黃昏時分我回住處時，已經等在門口。當晚，她向我說希望兩人一起去東部旅行作做我送她的畢業禮物。我答應了並且把已準備好的一個花飾別針交給她，隔天到報社在台中的分社辦公室打點了一些事情，請完假就到火車站買了兩張翌日到台北的光華號車票，再回到住處和等待在那兒的簡鼕打理要去旅行的衣物。

第二天，我們上午從台中搭火車上台北，在台北火車站買了兩張中午的莒光號車票，買了兩個鐵路便當就搭車經宜蘭、北迴鐵路到花蓮。因為是上班日，車廂仍有空位，沒有擁擠的感覺，車經濱海路段，海面被陽光照得閃閃發亮，蔚藍的風景在眼前延伸。火車經山洞的幽暗轉而在出洞口時的開朗，讓旅途的景致充滿變化，我們一起吃著便當，相顧笑著。

在花蓮市區，先去亞士都飯店訂了房間，放下行李，兩人漫步走到港口，海邊，一些船舶在港灣，吊車在裝卸貨物，而放眼望去有許多漁船在視線遠方，午後的太陽已向西斜，東岸的海面雖然仍照著陽光，但不那麼刺眼，鋪陳在海面的色彩像是綢緞，在微風吹拂中漂浮。

走回市街時，我想起高中升二年級的暑假參加東西橫貫公路徒步旅行，兩個梯隊一起從高雄到台中，搭車經由埔里到昆陽住了一晚，一路從那兒走，在大禹嶺住宿一晚再走到太魯閣，夜宿花蓮的一所學校，再經由台東搭公路局班車回高雄的往事。那時，我把經過寫了一篇短文，投寄給報紙副刊的「人生座右銘」並獲刊登。我告訴簡嫈這件事，兩人在夜市的小吃攤吃了扁食、小籠包。並買了一些麻糬帶回旅館。簡嫈說，她父親要她早點回港都高雄的家。但她想和我在一起旅行過後才回去。住在旅館比在台中租的房子，要自由自在多了。我們像是在蜜月旅行，一整晚的狂愛，第二天連早餐也沒有吃，睡了一個大白天，到了傍晚時分，才在梳洗過後外出用餐。這麼任意，好像在揮霍青春。叫了一部計程車去七星潭，看海景在蘇花公路的斷崖下形成一個月彎般的圖畫，比港口看出去的景色要美麗多了，在沙灘上撿拾起黑色細薄的石子，向海面漂石子，水花似乎夾在笑聲中綻放，像是什麼事都忘掉了一樣。

我們在亞士都續住了一晚，才從花蓮搭火車到台東，稍作停留以後，再轉搭公路局班車經南迴公路回到高雄。簡䨟先跟我回到家，再由我送她回家。黃昏時刻，在一樓診所的簡䨟父親看到我們，沒什麼表情，簡䨟只回頭向我揮手，就直接上樓，而我則回到自己的家。家人都已在用晚餐，我洗了手後也一起坐下來用餐，父親似乎感到意外，但母親只頻頻要我多吃一點，很高興兒子回來。

從第一次和簡䨟父母見面，我就對她父親不那麼親近，和她母親還會笑著打招呼。幾次去她家裡，覺得還是阿嬤最親切、慈祥。簡䨟似乎是她心肝寶貝，看到簡䨟，阿嬤會抱著依偎在她懷裡的孫女兒，也許是愛烏及烏吧！她對我也都和顏悅色。第二天，我在家裡用過早餐，就跟父母說要回台中。這時候，弟妹們都還未放假回來。我又去了簡䨟家，雖然看到她父親，也只是點了頭。看到簡䨟就把她帶出來，我們走向愛河方向，找了一家咖啡館，在那兒吃了簡餐喝了咖啡之後，簡䨟陪我搭計程車到火車站，買到光華號車票後，我就回台中，留簡䨟在她高雄的家。

幾天後，我接獲簡䨟的信，說她父親和已出嫁的姊姊和她一起到台北，把留在租處的衣物帶回家，父親要她在姊姊家住一陣子。姊姊嫁給一位醫生，在中山路開了一家內兒科診所，還說姊姊很疼她，要帶她去日本旅行。有一陣子，簡霎都沒有消息，我正納悶的時候，接到一封寄自日本的風景明信片，是東京鐵塔的形影。簡單的字句，只說你好嗎？想念。日本在遙遠的北方，還沒有出過國的我感覺那麼陌生之地，雖然我在譯介的日本詩人作品感知那個國度的心，但卻又是沒有實感的土地。

接下來的每一天，都有簡霎的明信片。她在富士山的五合目，寫了一位日治時期在日本留學的詩人留在書頁的俳句：「記憶裡／記不太清楚的／母親的乳房」。接著，在伊豆半島，是伊豆文學館，川端康成的小說〈伊豆的舞孃〉的句子：「櫻樹對寒冷非常敏感，櫻葉飄落下來，帶著秋天隱約可聽到的聲音……」，然後是在新宿紀伊國屋書店買的一本日漢對照與謝野晶子短歌集《亂髮》以及《華麗島詩集》——這是一本漢日對照的台灣詩選，收錄了我的〈遺物〉，是東京若樹書房出版的。

後來，音訊消失了。一連好幾天，都沒有收到簡霎的信。回到住處，我把一張一張風景明信片拿起來細讀再三，從簡短的詩句想像人在日本，或已回到台灣在港都高雄家的戀人形影。從去東部旅行回來，已好幾個月，朱夏的氣息仍然還未失去，但似已進入季節之末。躺在床上閉眼之際，簡黳的體溫彷彿仍在身邊記錄情愛的熱度，但並不那麼真實，是記憶而不是現在，是想像而不是真實。

有一天星期天，我一早搭光華號柴油車回到高雄，直接到簡黳家。那天，診所休息，正好有人在打掃。我表明是朋友，就直接上樓去了，在起居室的阿嬤看到我時，招呼說坐下，說簡黳不在家。她要我不要再來找她孫女了，還說，簡黳已準備去日本留學，會離開很長的時間。阿嬤說簡黳和我無緣。要我忘了她。我離開後，轉往中山路簡黳姊夫開設的診所，門關著，我按電鈴表明來意，從裡面出來的是我沒有見過面的簡黳的姊姊。她告訴我，簡黳留在日本親戚家，不會回來了。我索求簡黳的通訊地址，簡黳姊姊說不方便，還說不要再連絡了。當天中午，我也沒回自己家，在火車站買到莒光號車票，就回台中了。一路上，我木然地看著閃逝的風景，似乎愈來愈模糊，竟而睡著了。

當天晚上，我並沒有外出晚餐。感到疲憊也覺得悲傷的我，只脫下鞋子，就在床上沉沉入睡了。我作了一個夢，夢見自己在一條河的岸邊，看到對岸的簡霎。似乎有一個人在背後拉住簡霎，看她在掙扎。想要走到河岸的簡霎，跨出一步又被拉回一步。我從河岸這邊，想要走入水裡游向河岸，都踏不出步子。我向對岸揮手，但發不出聲音。對岸也聽不見聲音。我身旁沒有人，對岸簡霎背後的那人我看不清，只看見她的掙扎。我一直呼叫簡霎的名字，瘖啞的聲音叫不出口，就像電報機敲打密碼的沉甸甸聲息。河水流淌著，風吹拂河面的浪花在陽光下閃閃發亮，但西斜的太陽逐漸黯然下來。簡霎的身影，逐漸模糊，然後消失。

第二天醒來，我的枕頭濕成一大片，彷彿印記著我睡夢裡的哭聲。

12. 繾綣

在一首詩裡，讀了被喻為四季之春的詩人，曾君的心之祕語。

我不是純潔的人
這個世界只有妳知道
所以 妳也不是純潔的人
不純潔的情感才是
深不可測的愛
……

這首詩的名字和曾君的筆名相同。詩的結語「啊。現在她急促地叫著我／拾虹／拾虹」。曾君不愧是春的詩人。夏的詩人鄭君的現實凝視流露在詩的行句是〈狗〉：「我不是一隻老實的狗，我知道／因為老實的狗是不吠的／在這樣漆黑的晚上」；而冬的詩人陳君從日本寄回來的詩作〈ALBUM〉是「搜羅釘死的蝴蝶樣本／或者秋天的枯葉一般的癖性／他喜歡把懷念編綴漂亮的ALBUM／留點什麼在這兒／長久以來ALBUM的空白／他在拚命地嵌補著……」肉體之愛是不純潔的愛嗎？或是深不可測的愛，我在曾君的詩裡讀到我自己的追問。春的詩人在港都基隆的造船場工作，擔任塗料工程師；夏的詩人服預官役後，回到高雄的市立醫院當住院醫師；冬的詩人去日本留學，只偶而在《草笠》看到他詩的寄情。而秋的詩人的我，在斷裂的朱夏戀情的傷口裡咀嚼著印痕。

省城的一些藝文界朋友創辦了一本以《這一代》為名的月刊雜誌，主持者是一位小說家，他曾是三鐵國手，參加過羅馬奧運。出身師範學校的他是屏東人，因為有同鄉的緣分，我們也成了朋友。有時候，他家人的餐敘會約我，簡鍪也參加過。《這一代》的出刊有省城的本土作家展現文學和藝術心志的動向，一些在省城的作家被邀集在刊物發表作品。詩、小說、散文、藝術評論都在刊物登場。一九三〇世代的郭君是一位英挺的小說家，他的另一半在小學教書。他們算是兄嫂輩，有一回，在自由路一家百貨公司新開設的港式飲茶樓餐敘，問說女朋友怎麼沒有來，他們不知道我已失去簡竁的音訊。

有一期的《草笠》大篇幅刊登了非馬譯介的土耳其詩人納京・喜克曼（Nazim Hikmet, 1903-1963）的詩，這位和聶魯達及羅卡同時代在共產黨革命意識影響的一九二〇年代末到一九三〇年代，獲得國際聲譽的詩人，口語白話的詩行生動地觸及現實性和時代感，尤其他在一九三〇年代末的三十多年政治犯經歷，彷彿時代的良心和抵抗的見證，都是在台灣所不及的。他的一首詩寫於我出生的一九四七年，題目是〈邀請〉，真摯地表現了一位異議份子對自己國家的愛。

邀請　土耳其／納京・喜克曼作　非馬譯

從最遠的亞洲奔馳而來
伸進地中海裡

像一個馬頭——
這國家是我們的。
手腕淌血，牙齒咬緊，腳赤露
在這絲毯般的泥土上——
這地獄、這天堂是我們的。
……
活著，自由而獨立像一棵樹
但在兄弟之愛裡像一座樹林——
這熱愛是我們的。

我出生之年，台灣發生二二八事件。我在筆記本抄寫納京．喜克曼的一些詩。想起之前在《草笠》發表的一首詩，以〈不死的鳥〉喻示事件受難者亡靈盤旋在故鄉上空的景象：「鳥的翅膀／載著我的腦髓去巡梭／去追蹤凶手的足跡／去細讀那一頁白骨的構圖／去復活土壤」。那是藏在我心裡的祕密，呼應在詩的結尾：「那是不死的鳥／不被吞沒的／我們石頭的心」。詩藏有祕密，我的心就藏在詩行裡。

因為中華民國已被逐出聯合國，斷交的新聞不斷出現，台灣被孤立的感覺隨之而來。台灣的青少棒在遠東區，在美國的世界錦標賽成為焦點，在競賽的優勝中歡呼，國人彷彿在國家形勢的鬱悶中揚眉吐氣。台中也熱衷參與比賽，一些小學和國中的棒球隊都賣力參賽。跑文教新聞的我也常要去看棒球賽，寫報導。市議會的副議長帶動台中的青少棒團體，因擔任領隊，愛喝酒，常臉紅通通地上鏡頭的這位政治人物，與其說是政治人物，不如說是足球隊龍頭保母。比起在市議會，穿球鞋跟著青少棒團體走動更像是他的本色。

有一個星期天，在體專球場的青少棒比賽結束後，已是中午時分。我先趕到報社在台中的分社寫了報導，傳真到報社之後，走到中正路上的第一市場吃了一碗肉羹，順路要到中央書局看看書。走著走著遇見多年沒看到的春天女孩，她牽著一位剛學步的小男孩。一看到我，春天女孩笑著說：「好久不見了，好嗎？」我微笑以對。她要小男孩叫我舅舅，正牙牙學語學走路的小男孩跟著媽媽話語不清地叫了一聲。我們就站在騎樓交談，春天女孩說是不是有些像你？可愛的小男生看著我又看著媽媽。婚後生了孩子的春天女孩彷彿從女孩變成女人，她仍然笑臉盈盈。相互說再見之後，我看著她抱小孩向前走去的背影。她走著走著，回頭對我笑了笑。一直到看不到她，我才轉向向前繼續走。春天女孩和孩子的形影，留在我心裡，一直到在書店裡翻閱書籍時才逐漸消失。

回到住處，又想起簡襚。應該是遇見春天女孩的緣故吧！我把簡襚寫給我的信從抽屜拿出來，取出一本空白筆記簿，從頭開始，一面讀著一面重新抄寫出來。比起閱讀，抄寫是深刻的閱讀。兩年多的時間，她叩訪了我的心扉，一幕一幕的記憶留存在信裡的記述。簡襚是任性盡情的女孩，我想到在她買給我的稿紙寫作，想到她拿著我的稿件專心閱讀時的神情，一直抄寫著，彷彿重新經歷交往的過程。她的信，有一回寫道我送她搭國光號回台北，沿著火車站廣場前那一段中正路，在路旁向她揮手的情形。小我六歲的簡襚像一個妹妹，但她爽朗的心使她顯得成熟體貼。她常常從台北南下台中與我相會，我卻沒有北上去看她，兩年多時間，多少次約會也記不得了，但一疊信件，記錄的是分隔的日子。相見和分離交織的戀情記事，在我抄寫她信件時，成為一種銘刻，印在心版。

因為簡鍰去了日本，我想移居台北的計劃算是定了下來。在台中，當兵、再讀大學、在高中任教、擔任新聞記者，從一九六〇年代中後期到一九七〇年代前中期，將近十年，我從一個不到二十歲青年，已經過二十七歲了。就像漂浪人生，從島嶼南方而中部，要再向北移動；縱貫鐵路的南北軸線牽繫著我人生的旅路。這條旅路上，有我的出發、到達、離開、返回。但我的方向是繼續往北，離南方愈來愈遠。

《草笠》和《台灣文藝》被視為同是本土文學的兩份刊物，在台中的文學聚會，吳濁流的身影與他客家腔調的中文，交雜著日本語的談話聲，讓人感覺他的率性真情。他的「拍馬屁的文學不是文學」直指一些附庸反共八股國策文學作品，嘹亮的聲音讓人感受出一種力量。《草笠》不戴皇冠戴草笠，而《台灣文藝》創刊登記時，被主管單位要求不要冠台灣之名，被創立人吳濁流拒絕。《草笠》是因為《台灣文藝》創刊，受到刺激才創辦的。吳濁流的《亞細亞的孤兒》這一本小說寫台灣人、日本人、中國人，小說主角胡太明還因為近似北越的胡志明而受過懷疑呢。台灣作家也在《現代文學》和《文學季刊》活動，兩份文學刊物風格立場不盡相同。在《草笠》和《台灣文藝》出刊後，斷斷續續。續刊的《文季》出了三期之後，也停了。

我和小說家黃春明、王拓見面是那時候，記不得什麼場合了。《莎喲娜啦・再見》是台灣的中華民國和日本斷交後，一部引起討論的小說。一九七〇年代開始發表小說的王拓，在《文季》登場。他們稍長於我，從台北來台中，與中部作家聚會。黃春明告訴我，他剛離開一家廣告公司。騎著一台蘭美達機車的他很豪邁、風趣。王拓充滿文學壯志、熱情，談起寫作的義憤填胸，令人印象深刻。在國際上被孤立的政治情境引發社會的焦慮，看出來統治當局想要平息，想要壓抑，但似乎火山口下熔漿滾滾。

為了北上，我先安排工作的事情。在中央書局買了一本美國廣告人大衛・奧格威的《一個廣告人的自白》，滾瓜爛熟看過以後，對出身歷史系的大衛・奧格威有某種程度了解，也對廣告這門行業有所認識。他創立了奧美廣告，以創意聞名，在行銷和傳播事業領域有其地位。我想以 Copy Writer 的廣告撰文員進入這個職場。從高中教師到新聞記者的經歷成為我履歷的一部分，我也準備了在報紙雜誌發表的作品剪報影印，向在台北的廣告公司毛遂自薦。

先後寄信清華廣告和聯廣前身的東海廣告，很快就收到回信，並邀我北上面談。我先是去了位於仁愛路的清華廣告，總經理是一位姓簡的畫家，接見我的是企劃部經理，我記得他姓黃，畢業於台大中文系的他，患有小兒麻痺，行動不太方便，但人很隨和。我們相談甚歡，他要我去上班。因為我同時也和東海廣告連絡，只能約好再給他回音。東海廣告和我聯絡的是一位企管專家，是公司洪副總經理。我們通信聯繫，他表達歡迎的誠意，但後來，在報紙看到一家人壽保險與信託機構的廣告公司募集人員啟事，我去報名，並北上應考。我不知道我會不會又漂浪到他方，或像一隻鳥飛到異國。經由考試上班，或離職較沒有人情包袱。在許多應考者之中，只錄取了我。應考時，是以一個下午時間提出相關商品廣告的企劃方案。但在通知我錄取時，我以大約兩個月後的一九七五年七月一日作到職日，我想以大約兩個月的時間安排離職及一些事務。

就在準備離職北上的期間，我接到簡霙寄自日本的信。信中說她已嫁給父親安排的一位在日台灣人，是一位已取得理工科博士學位的僑民。簡霙說她與我的愛是存在的，婚姻只是遵從家裡安排的一種形式，還說她近日回台灣會來看我。過了幾天，她在入夜時來找我，兩人一起出門，當晚就入住她在公園旁已訂好的一家新落成的飯店。在樓下的餐廳用晚餐，我們還喝了啤酒。簡鑁話語很少，我也一樣。兩人面對面，有一種奇怪的感受，既親密又疏離。她問我過得好嗎？說她其實很關心又擔心我，但認為我可以接受突然發生的狀況，會找到更好的女孩，並說我家人應該也希望這樣。

我們在用完餐後，走進公園，在湖上的小亭坐下來。我們也談到在湖上划船的事。那是我們戀情開始的事，是一個白天，簡鑁從台北來找我，在我住處留宿的第二天。晚上的湖面也有情侶在划船，但我們並沒有這樣的興致。走出小亭，兩人慢走在公園的小徑，走著走著就回到可以看到公園的飯店，進入房間，簡鑁打開冰箱取出罐啤酒，我打開拉環把啤酒倒在兩個玻璃杯，一面喝一邊交談起來。喝完了冰箱的啤酒，簡鑁又拿出小瓶威士忌倒在杯中，加了從冰箱冷凍隔層取出的小冰塊，啜飲著。

顧不得酒量，我們把冰箱裡的酒喝完了。像醉了又像沒有醉，兩人抱著頭哭起來。睡吧！簡鑿扶躺在床上，她幫我脫了衣服，自己也把身上的衣服脫掉，兩人赤裸地躺在床上。時而相顧，時而閉上眼睛。我只記得相擁相吻之後，不知什麼時候就睡著了。醒來時，看見躺在身旁的簡鑿側彎著身體，淨白的肩膀隨著呼吸微微動著，她的胸口朝向我的方向起伏。我注視仍然閉眼在睡夢中的簡鑿，彷彿不是真實而是夢。但伸手去觸撫，肉體的溫暖是活生生的，不是夢。或許因為我手的觸感，簡鑿睜開眼，向我微微笑著。

我們先後起身去沖澡，洗過頭髮吹乾以後，又回到床上。把落地窗的窗簾布拉上，稍稍隔絕了太陽光，讓房間又暗下來。我告訴簡鑿，再過幾個月我就會離開台中去台北的廣告公司任職，我要離開已停留將近十年的台中，藉著離開告別自己的青春歲月。簡鑿說她要在日本學服裝設計，已經在女子學院進修的她或許要走這條路。她並沒有說太多結婚的事，我也不想問她，我把她當作結婚前那個簡鑿，仍然把兩人的愛戀留在心裡。

在花蓮的亞士都住宿是不到一年以前的事，那時候是夏天。現在是仲春時節，正是日本學校的春假，櫻花剛開過。簡鑿說，日本的櫻花真讓人有所感觸，她還提到我常念給她聽的一首詩人詹冰的短詩：「現在是笑的極點／證據是／不斷掉下的淚珠」。她撫摸我的臉，並拉我的手去觸撫她的胸口。我們繾綣的身體像闊別多年相見又將別離的戀人，互相用身體驗證想念之情。稍縱即逝的愛，一鬆手就會消失，只能用更強烈的激情來對抗，激烈的身體語言並不是寫在紙頁，而是寫在對方的身體，一種用火寫在夜空的情詩，看不見的行句，卻能感受到火焰熄滅後的灰燼。

中午，我們退房離開飯店，我送簡䨩到火車站去搭車回高雄。她從行李箱拿出在箱根的雕刻之森買的，有畢卡索、米羅圖畫的手帕送給我。我買了月台票，送她進站到過地下道的南下月台，看著她在車窗旁的臉隨火車緩緩離去，再經歷一次分手。再會吧！心所愛的人。戀情的開始是在火車站接她，結束是在火車站送別。台語歌謠吟唱的聲音在我耳邊響起，卻又無聲無語，有著某種滄桑和淒涼，這就是人間之境，人生之遇。

我把一位新進的小說作者介紹給報社，作為接續我工作的人。他雖然念的是商專，但想成為小說家的心願執著於寫作之路。我曾去過位於第五市場閣樓的他家，父母在市場有一個販賣乾貨的攤位，應該是清貧家庭出身，但很有個性。據說三島由紀夫切腹自殺之日，他仿梵谷，割掉自己的左耳。我也安排時間去看了一些長輩和朋友，並與《草笠》和《台灣文藝》在台中的同仁和作者聚會，算是一種告別的禮儀。

那時候，正是蔣介石死去不久。台中也像全台灣一樣，瀰漫著政治造神的領袖崩逝的氛圍。報紙上刊載著許多記事，對他在國共鬥爭的歷史多所描繪。因為消息揭露的日子正好是清明節，也正好是風大雨大雷電交加之日，繪聲繪影的報導加油添醋硬是神話連篇。從被聯合國逐出之後到斷交連連。「莊敬自強，處變不驚」的口號，流行了多年，隨著蔣介石的去世，應該會在一些官署、學校軍官的牆面逐漸消蝕吧，嚴家淦以副總統代理總統，蔣經國仍以行政院長執掌大權。從老蔣的時代進入小蔣的時代，台灣在一次全球石油危機影響下，民生物價受到影響，生活都感受得到。報社也在新聞政策的指導之下充塞著宣導國策的新聞。要離開報社的我雖然即將脫離這種束縛，也不免有些喟嘆。

六月間，我先北上了一趟台北，在台大附近的巷子找到一個租住的房舍，位於耕莘文教院近鄰。預付訂金，講好六月底搬進去。我又回到台中，這期間就帶著接手的記者跑新聞，交代路線，並介紹其他報社的記者認識。要離開台中，離開新聞職場，有一些離別的心思，但也有一種輕鬆的感覺。雖然台北是一個陌生的地方，廣告公司 Copy Writer 的工作也是全新的嘗試，但改變彷彿是必然的。作為半個台中人，在台中走上寫作的路，成為一位詩人，這個省城印記著我人生風景的一個側面。

收到簡齡的《現代世界美術全集》（集英社版），是從《MANET》（莫內）、《DEGAS》（德加）開始。兩冊一個包裹郵件。全二十五卷，包含了幾乎所有重要畫家。梅原龍三郎、谷川徹三、富永惣一監修的這套畫冊，是沉重的禮物。每天收到兩冊，將近兩個星期才收齊。簡齡以這種方式傳達她的信息，她知道我也喜歡美術，曾有過攻讀美術史的想法。但對學校教育不盡相信的我，也未出國留學，打消了從美術，從世界重要畫家作品研究去接觸時代心境與風景的心。

我把堂皇的二十五巨冊、精裝的《現代美術全集》排列在因為先行寄到台北住處而騰空出來的桌面，彷彿一座書的城堡，印在書頁的畫作就如同美術館陳列的風景。城堡裡沒有簡婆，也沒有我，但彷彿有我和簡婆的影子。我默默地看著美術全集構築的城堡，室外的光線逐漸暗下來，從黃昏到入夜，時間在流逝，編織著歲月。在黑暗中，我不知靜靜坐了多久，直到書的城堡也只在眼前顯現一些輪廓，直到可追憶的戀情只留存在沒有溫度、沒有觸感的模糊形色裡。

13. 夜影

大學畢業後，在台中滯留一些時日，經友人的引介，進入一所私立高中擔任教職。但後來我選擇離開。旅人的心是漂泊的。

進入台北的廣告公司工作，是因為廣告撰文和寫作有關連。而且，我考入的公司之前也有文學作家待過。

應考之前，我在書店買了一本大衛·奧格威的《一個廣告人的自白》，他在大學也攻讀歷史，是美國的奧美廣告公司老闆，本身就是廣告撰文，留下許多廣告作品。我在筆試通過後，經過口試，被錄用。

要離開台中的時候，我打電話給久未見面的C，並和她走在夜晚的街道、經過火車站前的一家一家店鋪，也走過市政府，法院，女子中學等官署、文教機構鄰近的地帶。兩人默默地走著走著，我很擔心C會執意留住我，但她沒有。

「還會回來台中嗎？」C問。

「也許會吧！」

但我知道，她感覺我的離去是告別的儀式。即使兩人在肉體上曾有連帶，但人生並無結合。我們彷彿一般朋友，並不是情侶。我不想安置下來，某種漂泊感在我身心，讓我流動。

兩人默默地走在夜晚的市街，時間似乎凝結在兩人之間。街燈把兩人的身影，在前在後地印記在路面，但又消失掉。

「那麼，再見了！」在距離我租屋處附近，我向她告別。她看著我走回去，但我不敢回頭向她揮手。心裡有些過意不去，但是那也許是比較好的選擇。

公司在火車站前面，一條以補習班聞名的街道上，相鄰的是一家叫做希爾頓的飯店。而我找到耕莘文教院附近巷內的一個住處，每天往返羅斯福路和南陽街，搭乘公共汽車通勤。

那一個正興起的財團投資的廣告公司，與第一代廣告公司相比，屬於第二代廣告公司。基本上，屬於日系。台日合資或日本公司指導的企業，電器、汽車、保險、食品，仍然是主要的客戶，美系的飲料、食品、電器也大舉引進。

那時第一次石油危機剛過。記得，石油輸入國的日本，以「六輪時代」鼓勵日本人，在小汽車之外，購用摩托車，在鄉村地區作為短程代步之用。廣告，作為購買意願的形成工具，交織著行銷和傳播的力學，但背後有我關心的美學或哲學，喜愛文學的我，以這樣的認識論看待我的工作。

但是，初入廣告職場的我，有很長的時間，幾乎寫不出文學作品。每天每天，都被創意工作疲勞轟炸，下班回到住處，一點也不想再動筆。

我的工作在創意部門，相關的有調查、企劃和撰文。前端配合的是業務部門；後端配合的是製作部門，有設計人員和完稿人員，也有商品攝影。業務人員從負責的商品或勞務客戶取回廣告案件，交由創意部門思考表現方案。形成方案，經客戶同意後，進行設計、製作。有些是平面廣告，諸如報紙、雜誌；有些是電波廣告，像電視、電台；更有戶外廣告，看板或海報等等。

業務人員通稱ＡＥ（Account Executive），負責傳達、傳遞，控制預算，廣告公司的營收倚賴業務人員的努力。他們要與廣告主折衝，並與創意部門與設計、製作部門合作，以形成方案，然後交付媒體部門發稿，在報紙、雜誌、電視、電台等媒體實施。

從觀念到實際，大衛．奧格威《一個廣告人的自白》的工作形影，並不見得都能在自己的工作中實現。廣告寫作畢竟不像文學寫作，那是有費的，受託的書寫工事。常常糾結在工作的困擾裡，被折磨著。

有時候，我會想起C、想起在台中的一些日子。但在台北的職場，心裡藏著文學之夢的我，只能對自己投入的工作，積極對應。在工作中，我鍛鍊自己，在「Marketing 和 Communication」領域裡，不斷充實自己。從歷史學鑽入經濟工學，而一些文學的才略讓我在廣告創意的工作，逐漸得心應手。

下班後，偶爾會和公司裡的同事去聚餐，有時，是慶功宴；有時，則是工作挫折的自我療傷，藉著喝酒而讓自己酩酊，有些麻醉。生活是忙碌的，而感情是貧乏的。

我喜歡讓自己從事的工作有意義。廣告也可以超越一般宣傳。有一回，在一系列日本航空的廣告裡，被感動著。那時候，日本正邁向經濟高峰，日航以大學畢業生為對象開拓海外旅行，廣告文案引用了日本詩人高村光太郎的詩〈路程〉，以「從0出發」為標題。

在我前面沒有路
在我後面路已成形
啊啊自然啊

•

父親
使我能自主的偉大父親
不要放棄呵護我吧
不斷添加父親的氣魄給我吧

•

為了遙遠的路程
為了遙遠的路程

廣告應該要這樣，除了工學，還要有美學和哲學。但是現實並不是這樣，在工作中，不斷有挑戰，有困境。讀到高村光太郎的詩時，我想到這位日本詩人，想到他寫發瘋的妻子《智惠子詩抄》。智惠子的剪紙常常浮現眼前，她是剪紙藝術家，高村光太郎對她不離不棄。詩，成為他們之間的連帶。

有一個假日，我在台北車站買了「光華號」車票，去了台中。在自由路的一家咖啡館，吃過中午的簡餐，喝過咖啡。到太陽堂買了一盒太陽餅，就又搭「光華號」回台北。我以為會碰到熟人，但沒有。孤孤單單地去，又孤孤單單地回來。

在廣告公司的工作逐漸順利，職位也不斷晉升。但我一直不想交異性朋友，不想讓自己被牽絆。在租來的住處，有一套我用第一個月薪水買來的音響。下班回家之後、陪伴我的就是音樂。我尤其喜愛交響樂，也喜愛一些異國女歌手的歌聲。慢慢的，我又重拾文學書寫，寫一些詩和隨筆，在報紙副刊和雜誌發表。

廣告公司裡面棲身一些文學、藝術工作者，特別是在創意與製作部門。有些廣告撰文，其實是隱藏的詩人或小說家；美術設計人員中也有同時執著於純繪畫或電影導演。為了生活，人們必須委屈於現實之中。有些人，慢慢被現實完全吞納；也有些人，不屈從於現實。徘徊在屈從與不屈從之間，我在工作與志向的拉鋸中，有時也感到苦惱。

和L交往，也許是在這種苦惱中開出來的花。她原是我同事，也是廣告撰文。我們真正交往是她跳槽到另一家廣告公司以後的事，跳槽是廣告人的家常便飯。因為轉換工作環境，也因為待遇。

還是同一個公司同事時，在動腦會議上，我常會看著L，她發言時有一種舌戰群雄的架勢，特別是面對男同事，也不輕易退讓，會極力說服大家接受她的觀點。有一回，公司為一個百貨公司的開幕，準備提案時，她引介了一九七〇年代初期，日本東京一家間尚百貨的廣告活動，強調「個性」的訴求。

石岡瑛子這位廣告人，我是在L的介紹下知道的。在討論會上，她以石岡瑛子為PARCO企劃的系列廣告為例，提出「流行」的原創論。非常強烈的色彩，不但表現在模特兒的衣物，也在臉部化妝。遠赴尼泊爾拍攝，在沙漠上蹲著或站立的女人，穿著大綠、大紅的衣服，嘴唇塗抹鮮豔的顏色。為什麼？因為在那空曠的一望無際的沙漠，這樣的造型，才能讓人意識到人的存在。

當L的口中說出「商業流行大多是跟隨性的，而這只是模仿；原創性的流行，具有個性化魅力」時，有一種自信的美麗。有自信就會有個性。我們爭取到那家百貨公司的開幕廣告案，訴求的重點就是「主張」，強調生活中的志向與個性。

在一個慶功宴結束後，L提議再去喝酒。就在中山北路一家有演唱的咖啡廳。只我們兩人一起，繼續喝加冰的威士忌。鋼琴的伴奏、歌聲、嘈雜的交談聲。夜深，但不知何時打烊。我付了帳後，與L一起走在人車都少了的有楓樹的路上，跟著L回到她的住處。當晚就住在她家，不記得有發生什麼事情，第二天醒來，相顧而笑。我回自己的住處梳洗後才去上班。

第二天，L拿一份石岡瑛子為日本一家出版社企劃的書籍廣告資料，要我看看。畫面是一位穿黑色洋裝的年輕女性，飄著長髮、背景是海，她的身體向著海，但轉臉過來，斗大的標題：「關掉電視，閉上週刊誌。女性啊，覺醒起來吧！」商品是文學書籍，這一系列廣告，有報紙、雜誌、電車車廂海報、電視廣告影片。

我喜歡和L一起開會，她也常常在討論的時候支持我的觀點。我們會一起說服業務人員，說服客戶。她看到我偶爾在報紙副刊發表的詩時，會對我示意。有時候，她會拿起我閱讀的書翻翻看。後來，她離開了。她從跳槽的另一家廣告公司打電話給我，約我看電影。那是一家日系的廣告公司，有許多日本商品，應該較適合她的工作。

日本的廣告公司，像「電通」、「博報堂」，都與台灣的某些日系廣告公司有合作關係，一方面是技術指導，一方面則是客戶的引介、提攜。從資料來看，日本也有一些文學人在廣告公司工作，從事廣告撰文。L常拿一些日本的廣告雜誌給我看，諳日文的她會向我解說《廣告手帖》裡的專欄「創作的小路」。常是廣告撰文的現身說法，雖說是關於廣告的知識，也對文學創作有啟發性。

有一回，L譯讀《廣告手帖》裡的小說〈十三秒半〉給我聽。那是連載的商業小說，取材自廣告影片拍攝的故事。十三秒半的時間點是從廣告影片而來，一部十五秒的簡短廣告影片，決戰點其實只有十三秒半，意味的是分秒必爭。小說與其說是商戰，不如說是製作廣告影片呈顯的商業競爭。有推理小說性質的商戰小說，生動地敘述廣告影片製作過程的點點滴滴，也呈現市場的驚險傳奇。作家在日本那個國度的創作視野真是寬廣。有時，讓懷著文學之夢的我，感到渺小。

L的公司在南京東路，與中山北路相垂直的一條商業辦公大樓林立大道。相對於中山北路的婀娜多姿，南京東路顯得明朗亮麗。從與中山北路交錯地帶，大樓一直向東延伸興建，散發出經濟繁榮的信息，第一次石油危機帶來的震撼似乎克服了，台灣似乎顯現出要向不斷以「日本第一」發出信號的東亞鄰邦學習的樣子。

我常常在下班時，從中山南路向北沿中山北路，右轉南京東路到L的公司附近與等候在那兒的她約會，一起去看電影。那時候，有一些歐洲藝術電影會不期然地上映。有時，我在住處書架翻閱已停刊的《劇場》雜誌，找尋一些電影的記憶。義大利導演，也是詩人帕索里尼一九七五年十一月被殺死的消息在報紙影劇版登載出來時，我的筆記本剛好有一首他的詩〈群鐘之歌〉的英譯，詩裡透露他的鄉愁，說遠離的他記得村莊的青蛙、月亮、蟋蟀的悲傷顫音。他在晚禱的鐘聲響起時，以愛的精靈夢回故鄉……

我的故鄉在島嶼南方的半島，但我也常常感覺到自己是沒有故鄉的人。小時候，在島嶼南方的縣分成長，然後在南台灣的港都經歷高中的青春暗澹年代，經由服役和大學時代的台中，然後首善之都，故鄉距離愈來愈遠。在模糊的故鄉情境，我憧憬著詩的故鄉。沒有放棄寫詩，似乎是沒有放棄療癒自己的鄉愁。

因為寫詩的緣故，我的生活除了在廣告公司的事務，也有一些與詩誌相關的活動，認識了一些文學的朋友，偶爾也有聚會。有一份詩誌以專輯形式發表了我的詩和散文作品，並推介說是抒情詩的閃亮之星之類的話語，讓我感到臉紅。但因此，有些詩誌的編者向我邀稿，鼓舞了我的詩的熱情。廣告公司的同事大多不知道我寫詩的事，文學寫作只是祕密藏在我的工作夾縫中。我自己也知道，文學寫作不是我的職業。

因為文學寫作，我選擇了在廣告公司工作；但也因為在廣告公司工作，文學寫作只成為在我生活夾縫中的小小植栽。我的青春過敏性煩惱逐漸被現實的磨練磨光了。看著自己上班的大樓旁一大片低矮房舍被鐵籬笆圍起來，準備標售給新興的財團，看著台北車站前開始整頓一些國有地提供給商業發展使用，資本主義市場怪獸要吞噬農業社會轉向工業社會的大口，似乎已張開了。

就在這時際，我服務的集團企業在西門町要投資一家百貨公司，也要在忠孝某段投資一家國際觀光飯店，初期的規劃委由日本一家叫做丹青社的公司執行，我被賦予參與的角色。將來這也會成為我的廣告客戶，丹青社的企劃調查，讓我見識到日本企業的科學性。從 System 到 Idea 的過程，充分反映經營企劃的專業。

那時候，日本正興起以戰後經濟發展世代為對象的新興百貨，像 Darco 或 Pepe，這也是在台灣規劃的百貨和飯店命名的方向。我之所以在廣告的行銷有所精進，更對企業的投資建立既有科學性，又有藝術性視野，也因這樣的磨練過程。

為了我參與新興產業的規劃，L為我舉辦了一個小型的慶祝會，兩個人在她的住處，她準備了一瓶威士忌，也做了簡單的料理。我們喝酒時，她打開我的詩集，朗讀她翻閱到的篇章，語音觸探了我的心。那些詩不是為她寫的，但仍然在那氛圍裡把兩個人連結起來，一種很特別的友情搭建成我們之間的橋梁，能感知到心的跫音。

那一晚，我們盡情喝著加冰塊的威士忌。在酩酊中，她告訴我要辭掉工作，去日本留學。她適合去那樣的國度探尋新的世界和新的人生，帶著我們的友情。

「不要放棄詩！」她說。

「我不會放棄詩！」

我這麼回答。在離開她住處時，我們相擁並親吻，像是留下分手的記號，我一個人，走回在羅斯福路的住處，午夜的路燈照著街道上晚歸的車影和人影。我從松江路、新生南路，走經七號公園預定地的國際學舍，走過台灣大學的圍牆邊，在台大門口看見大王椰子樹在晚風中飄著葉影。抬頭看著天空的時候，好像看見一些星星在夜暗中寂寞地發出亮光，似乎在向我拍發信號，讓我感覺更加孤單。

14. 終　章

從屏東、高雄，經台中而台北，我的人生從童年、少年、青年，終至告別了青春期。青春時代在生命中烙印行跡的女性，隱約都在心裡留下記號。因這些記號而豐富了我，似乎也是我文學之路的投燈。梨花、春天女孩和簡鼕，前後的戀情都溫暖過我，也有悲傷纏繞。其間也有擦身而過的女性形影。

修習歷史，在高中教職及新聞記者之後，成為廣告人，以 Copy writer 的職務，面對的是在經濟領域的產業工學的角色承擔。小說家黃春明是我進公司前離職的前輩。有許多文學人、藝術家也棲身在這個行業。早期我的一位同事，也發表小說，在攝影部門任職，一心想成為電影導演。攝影棚沒有工作派單時，他就常常去西門町看電影。

我的職務其實包含了企劃和廣告撰文工作。從ＡＥ（Account Executive）接下工作單或廣告方案，必須從商品或服務、市場狀況、消費者輪廓及競爭，以及廣告目標的設定去研究問題與機會，再經由表現計劃及媒體計劃的戰略，戰術形成，完成對客戶，也就是廣告主的委託。跨入這個領域，我也充分磨練自己。同樣是寫作，文學寫作和廣告撰文畢竟不同，不知是在三島由紀夫哪一本書讀過他所說的「為了配合床鋪的尺寸，切斷旅客雙腳。」的意味深長話語，我用來想像造型設計。在廣告界，廣告撰文和美術設計，似乎最能體會這樣的話語。

一九七〇年代，台灣的經濟彷彿正在起飛。我服務的廣告公司屬於一個新興財團，擁有包括金融、保險、塑膠、航運、建築，而且正在擴展到食品、電子。公司就在火車站前的一條街上，關係企業在街頭街尾的兩棟大樓。大老闆是戰後製造醬油、煤球，是布衣出身的創業家，有多位兄弟相助，協同發展，第二代經營者是有留美學經歷的承續者。關係企業延攬了各方面的人才，我一開始就認識，也在專案共事的蔡桑，就是一位在火燒島被監禁十年的政治良心犯，在關係企業的國際財經情報運籌帷幄提供協力。

我曾為關係企業的一家銀行，構想降低服務櫃台的「我們的櫃台像辦公桌一樣低，您可以坐下來與我們面對面交談。」這樣的訴求標題，是想在以公營行庫為主的金融事業之外拓展更開闊的路，我也替自己服務的廣告公司，做了「廣告美學」、「廣告力學」、「廣告哲學」的系列廣告，追求提升廣告代理業的地位。

因應發展，公司從火車站前遷到中山北路二段，又從中山北路遷至敦化南路二段，再遷到忠孝東路四段，大陸大樓對面一棟關係企業的辦公大樓，是不到兩年的事。我的職務也不斷升遷，從企劃科長、企劃調查部門主任，而專案事業部、業務部門經理。不只做廣告撰文的工作，也帶領業務部門，甚至管理業務、企劃、製作合編部門。

專心投入職場工作的我，有一陣子也荒廢了寫作，原以為廣告撰文和文學寫作可以兼容，但在公司管理帶領創意發想的工作，常絞盡腦汁，下班後都不太想再拿起筆，有時候會和公司同事聚餐喝酒，也會和客戶一起到有鋼琴演奏的酒廊，但我並不喜歡交際應酬，常常辭掉邀宴，除了公司必要的場面，我會委請負責的部門人員去應對。記得初進廣告公司是應徵廣告撰文，老闆還說日後我應該也可在業務部門發揮，我一直推卸說不適合我，想不到自己也在業務部門帶領同事闖蕩。

感覺自己在職場安定下來的時候，我又想在《草笠》有一些投入。一直感覺到《草笠》被壓抑，我想在編輯事務上稍作改革。曾經在台中協助編務，有相當經驗、也受信任的我，終於接下主編的任務，而且就在廣告公司的會議室舉行座談會，與《草笠》的同仁和詩友們再度熱絡起來。

鄉土文學論戰發生的時候，詩的現實主義與現代主義問題，被擴大到小說以及整個台灣文學動向的發展課題。看起來，不只是文學藝術問題而是政治問題。從二二八事件，一九五〇年代白色恐怖，一九六〇年代彭明敏師生的「台灣人民自救運動宣言」事件發生之年，《台灣文藝》和《草笠》創刊，應該是轉捩點的指標。一九七一年，在台灣的中華民國被逐出聯合國，斷交潮不斷，以「漢賊不兩立」的黨國時代似乎有危機感，對於現實主義在文學領域燃起火花，有警戒心。一些直指現實介入的文學為工農兵文學，意圖戴上紅帽子，進行政治清洗的企圖心似乎明顯起來。

《草笠》的創刊，其實即是現代主義加上現實主義的努力。而鄉土文學論戰的氛圍看起來政治性大於文學論辯。《草笠》常被以「本土」、「鄉土」輕視、嘲笑，但致力於詩藝提升的努力和凝視現實的心並不分離，並沒有大力介入論爭。那時候，我常想起之前在《草笠》披露的唐文標從美國紐約寄給我的「笠書簡」，他寄給我電影新浪潮的書，談台灣現代詩的問題，談他文章惹台北詩老大生氣感到惶恐，並以括號（相信你也有同感）說我。我們談了南美電影，提到在《影響》這份電影雜誌會有他一篇〈我們沒有電影〉的文章發表。

我看著鄉土文學論戰在報紙和雜誌的發表，並沒有太深入的文學本質討論，反而多的是統治權力的國策文學受到挑戰的反制意圖。可以想像台灣社會逐漸從被壓抑反彈出來的自主意識。看到以〈狼來了〉一篇文章說鄉土文學現象是工農兵文學的詩人，讚賞一位彰化鄉間教書的一位詩友，說他的詩是「台灣新鄉土詩的起點」。刻意用他來否定《草笠》在詩文學本土與現實介入的努力。

在忠孝東路的公司對面，大陸大樓有一家美商藥廠，大家以大頭仔稱呼的「陳映真」在那裡上班，我曾與《草笠》的兄長輩詩人一起與他喝過咖啡，有過交談。以從遠方回來敘述他入監經歷，出版了他的《第一件差事》和《將軍族》，更以許南村為筆名〈試論陳映真〉，向自己從前的小城知識分子告別。鄉土文學論戰時，他的〈鄉土文學的盲點〉反映了對社會主義中國的欽慕，他也對余光中稱譽台灣新鄉土詩起點的那位詩友極為讚賞，左與右的肯定，投射在同一位詩人，確實讓人難以理解。

一九七七年十二月號的《草笠》，我採用了國際特赦組織（AMNESTY INTERNATIONAL）美國救援支部邀集世界十五位知名藝術家參與實際的「良心犯」（Prisoner of Conscience）年一九七七海報大展的一幅作品，作為封面圖案，是一幅監獄裡政治良心犯雙手握住柵欄的影像，一位美國藝術家的作品。我選在扉頁的封面解說，以「拳頭無助地握著，戲劇性地視覺化了展覽的主題，很強烈也很恐怖地震撼人們。」並說「多國籍藝術家的參與，廣泛地顯示世界性的關心。」這一期，我開始發表〈母音〉為名的小詩輯，並以「土地啊，為何你總是沉默」為副題，強調發言發聲。我連續又用了AI「良知囚犯」年海報大展一張死刑吊索的圖片做封面，也用了有四支巨大煙囪冒出黑煙以及高壓電塔圖片做封面，並以「旁觀者的時代已過去，環境參與者的時代來臨了。環境的重建不僅止於實質結構的重建，同時也應協助許多被社會拒絕或意志消沉以及犧牲於不合理汙染的人們，扶持他們的復原與更新。」作為解說。從青春過敏性的煩惱走過來的我，也走向我一九七〇年代，另一本詩集《野生思考》的反體制詩想。

三十歲了。在廣告公司的工作算是安定下來了，自己也有一些事業心。我從羅斯福路遷到民生社區，在大學讀紡織，畢業後進入一家化學紡織集團企業服務的三弟與我同住，算是我們在台北的家，除了在台北念大學的妹妹和么弟，假日來相聚，父母親也會抽空北上，看看親戚也看看他們的兒女。感覺到家人關心我的婚事，但我還不想安定下來，似乎想著或許簡鬢突然又回來找我而保留自己單身的身分。

大樓裡關係企業管理部門有一位總務主管，有一天來辦公室找我，告訴我說最近搬來的公司有一位長得很甜美的女孩，似乎很適合做我的女友，我笑著回他說，是嗎？心裡突然浮現幾天前，在電梯看到的一位長髮女孩，長得很甜美又善良的樣子，會不會就是她？新公司搬來才幾天，那女孩的臉還是陌生的，只見面一次有些印象，會是她嗎？拗不過一再被勸說見面看看，答應了去一家西餐廳一起晚餐，果然是電梯相遇的女孩。

那位也算是同事的朋友，進餐時一直說我的好話，約略地交談，知道她是彰化海邊鄉鎮出生，家裡有一些田地，也經營過紡織工廠，但因為父親患病，壯年就過世，事業也失敗了。現在只阿公阿嬤和大哥在家鄉，她和一些姊妹和母親來了台北。讀商學的她，先在父執輩經營服裝公司任職，後來進入一家企業管理財務，因公司擴展，搬到同一棟大樓。她在八樓，我在五樓，算是近水樓台，我們就這麼交往起來。

與簡黌分手已兩年多，有時也會想起她。在日本的她，怎麼了？好嗎？我對同一棟大樓的女孩有好感，覺得她本性很善良，雖然長得很美，卻沒有嬌氣，我喜歡長得美但不自覺漂亮的女孩，因為家裡曾經經商失敗，有一種敬謹小心的性格，她還說父親生前最疼她，並希望她將來能嫁給讀書人，而不是生意人。她這麼說的時候，眼中泛著淚水，說她很想念死去的父親。

一個星期天，我們約好一起去基隆玩，從台北搭乘火車，不到一小時就到在北部的港都，已近中午，我們去了廟口的小吃街，吃了蚵仔煎，又吃鼎邊銼，還有天婦羅，好像回到年紀少小的學生時代。她小我八歲，就像妹妹，相互熟稔起來，我們有說有笑，情侶一般從廟口走向港邊，朝有砲台的山頭走去，坐在俯瞰港口和城市的高地，看著一些輪船從港口航行出去，也看到輪船從港口外駛入，領航的小船在輪船前方就像小雞走在母雞前方一起散步。

我向她說了小學一年級在車城海邊看海的日子。這麼小就離家求學，她很訝異，島嶼南方的海和島嶼北端的海，沿著島嶼的海岸連結在一起，海也連結世界，連結不同的國度。我還向她說了自己青春的戀歌，從梨花、春天女孩到簡瓔，一五一十地袒露自己的過往，沒有談過戀愛的她，聽得很入神。我們看著海，看著輪船，看著隱隱約約可見的浪花。本來想一起去看同為四季的春的詩人曾君，他在造船廠工作，已在基隆成家，但我沒有連絡他。入夜前我們就返回台北，送她回住處後，我也回到自己家。

兩人約會的頻率密集起來，沒有加班的日子，我會約她一起用晚餐，並送她回住處。在台北她和一位妹妹以及認識的同姓朋友合租房子，過著近乎獨立的生活。雖然比我之前的女友要小得多，卻有一種難得的懂事和穩重，而且她的簡單家世特別吸引我。在一起三個月後，我以Mer稱她，是海的法文La Mer，這是腦海中日本詩人北川冬彥的行句，說在漢字的「海」有母親；而法文裡，母親（Mere）裡有海（Mer）。取自她名字的諧音，也有妹妹的意味，聽起來很親切。每一次聽我這樣叫她，她都會微微笑，彷彿心裡有一種特殊的連帶感。後來，知道她阿嬤叫她的小名近似Mingirl，兼有我們兩人的名字，就沿用了。

她告訴我，公司有位主管會看相，說我是一位可寄託終身的對象。我笑了笑說，我自己也不知道是否能夠真的永誌不渝愛一個女人。從高中就談戀愛的我，有過幾段戀情，每段戀情都在人生留下印記，我不知道自己能不能好好守護相愛女人的一生，也不知道自己是否會在出生、成長的土地安定下來，或許心裡還對著向海的遠方漂流的夢。

這年輕女孩說她要與我廝守一生，她想做一個與我一起守護家庭的女人。一個小我八歲，才從學校走入社會的女孩，她單純的心相映在我彷彿傷痕斑斑的心。我有些擔心，害怕自己無法承擔攜手共譜人生新路的承諾，但她就是堅持，也因為這樣，我被她動搖，被她感動，也想安置自己，為自己的悲傷敘事詩寫下終章。我告訴家裡這樣的想法，父母也很高興。他們從小在外，彷彿想要漂浪一生的長子要結婚成家了。

認識半年，我們自己決定了訂婚的儀式，那個星期天，我因一個廣告主的新商品企劃會議，整個下午都在公司主持會議，她去城中區的一家餅店，訂了一百份囍餅，要分送給同事、朋友、親人。當晚，我們在中山北路的一家飯店共進燭光晚餐，我告訴她，我只能說我會盡心盡力守護一起建立的新家庭，我無法保證一定會怎樣，但我會真摯地愛一個愛我的人。

兩人在台北辦了一場婚宴，又回到高雄的家，在父母為我們辦的婚宴和親友見面。Mingirl的家人也從台北和彰化南下參加囍酒，之後則是她大哥在彰化海邊的家辦桌作為歸寧宴。在台中創刊《這一代》雜誌的小說家友人，像兄長一樣自己開車送我們去她娘家，並出席喜筵為我們祝福，婚後，我們就住在民生社區租來的房子，開始新婚的生活。

休了幾天婚假，但我們並沒有去蜜月旅行。忙著提案，一時間也抽不出寬裕的假期，只能期待Mingirl的體諒了。從公司回家，看到她準備了晚餐，心裡覺得有某種前所未有的幸福感。一位弟弟和一位妹妹，也住進家裡。在紡織公司上班的三弟本來都吃過晚餐才回家。Mingirl也要他以後回家用晚餐；她不只洗我的衣服，也幫三弟洗衣服，甚至燙衣服，妹妹會在餐後幫忙準備水果。爸爸媽媽偶而會從高雄來看看我們。一個年紀輕輕的女孩成為妻子和大嫂以後，像一個溫婉體貼的小婦人，操持著家務起來。

婚假即將結束前幾天，有一個晚上就寢時，Mingirl側躺著把臉轉向一旁，我覺得奇怪，問說是想念家人嗎？她沒有應答，只是眼睛像哭了一樣紅紅的，我一直追問，也不知所以然。但孩子出生後，她告訴我說，她在清理桌屜時，意外看了一疊簡籤寫給我的信，信中的一字一句流露著一個女子對我的愛，為什麼這麼相愛的兩個人要分開，為什麼這樣的兩個人不能攜手建立家庭呢？她說，因為感動，因為不捨才哭的。我緊緊抱著Mingirl想要更愛她更珍惜她，感覺她就像海一樣，像童年的我看到的海，那麼廣闊。

那年夏天，《草笠》在我上班和廣告公司會議室，舉辦了一場「鄉土與自由」的台灣詩文學展望的座談會，出席的都是《草笠》的同仁。我請曾德譯台灣現代詩選的一位海德堡大學回來的教授主持會議，擔任紀錄的我在結語中說「詩的效用是多方面的，也應該多方面追求。……我們的現代詩，如果能夠給多方面的效用像『教訓』、『教養』啦，給予人們一些慰安，在這樣的一個時代，是必要的。我們對詩的希望，也寄託在詩的功能和效用的價值化。」這一場座談會紀錄，原也要發表在台中的一份新改組的報紙副刊，主編是曾在台中主持《這一代》，後來他去日本，才回來不久的小說家。他在神戶大學從事魯迅研究，並兼為台灣的報紙撰寫日本通訊。卻因警備總部和新聞當局介入，而取消了。

時局有些緊張，前一年鄉土文學論戰後的縣市長選舉，因桃園的中國國民黨縣長候選人涉及做票，引起中壢市民憤怒，不只包圍分局，還火燒警局，警方以催淚彈壓制，不幸開槍打死一名青年，在那年年初引發橋頭事件，黨外和政治示威突破戒嚴的宰制，有政治風雨欲來的氣氛。中壢事件、橋頭事件發生的時間是我與Mingirl交往到結婚的時際，我和她的大女兒在那之後來到人間，成為我們的家庭新成員。

《草笠》的九十一期，一九七九年六月號，我在封面裡以「島的悲歡」為標題，做了一頁《草笠》的雜誌廣告，並推介預告《美麗島詩集》，以「足跡」、

「見證」、「感應」、「發言」、「掌握」五輯，編選的這本詩集，有我的參與以及構想，封面也是我委請廣告公司設計部門同事捉刀的，「有悲哀，在暴風雨來襲時；有歡樂，當收穫豐碩之季，悲哀和歡樂都是島的現實。」是我撰寫的文案。

Mingirl和我都因為家裡添了一個女兒而感覺到家庭的充實，兩人上班前先把女兒帶到奶媽那兒，下班回家迫不及待把女兒帶回來，連我自己都為自己的顧家感到不可思議。有一位在花蓮的國中任教的大學女同學，寄來一封信，寫說：「不能沒有女人的男人，結婚了嗎？還是結婚又離婚了？」我拿給Mingirl看，她也笑了。回信給這位女同學說：「我結婚了，還沒有離婚，也有了一個女兒。」卻沒有再接到回信，我彷彿變了一個人似的，連在大學教授哲學的一位兄長輩《草笠》同仁也說我真的變了很多。

那年仲夏，一本叫做《美麗島》的政論雜誌創刊。我記得之前，在《草笠》，我特別刊出李雙澤的一些歌的詞曲歌譜，梁景峰改編自陳秀喜詩〈台灣〉的〈美麗島〉就在其中，「我們溫暖的美麗島／是母親溫暖的懷抱」、「婆娑無邊的太平洋／懷抱著自由的土地」，而我在「母音」小詩輯，以「土地啊，你為何沉默！」作為副標題，從〈發言〉、〈種子〉、〈漂流物〉、〈鄉村〉呈顯著我跨入另一個時代的心聲，在〈島國〉的行句有我的憧憬，這樣的憧憬引領我人生之路：

被異族割據的時代
我們就著手建立自己的祖國
美麗島就是我們的家鄉
永遠的慈暉是藍天
撫慰我們的心

一位戰後世代文藝青年的青春腐蝕畫

李敏勇

戰後世代，也被稱為戰後嬰兒潮世代，是對於出生於一九四五年八月十五日，二戰結束後幾乎一代的稱謂。這一世代在一九八六的全球學生運動，有某種時代的特殊風景。發生於法國巴黎大學的學運，蔓延全世界，並與越南戰爭引發的反戰風潮交織。

《私の悲傷敍事詩》的「我」，是一位戰後世代的文藝青年，從屏東、高雄，而台中、台北，經歷了自一九六〇年代到一九七〇年代的青春成長。從高中、服役、大學、就業，敘述的是追尋文學的歷程，穿插了挫折、迷惘，交織了多層戀情。說是成長小說也罷，更多的是世代在時代變遷中的探索。

一九六〇年代、一九七〇年代的台灣，屬於戒嚴時期。六八革命喻示的全球學生運動並沒有在台灣形成風潮。全球的反越戰，但台灣的青年學生在黨國反共體制之下，並沒有共鳴性，而是在極端保守的體制下，在校園裡追尋「來來來，來台大；去去去，去美國」的夢想。

《私の悲傷敍事詩》的我，以李紀筆名出現的我，是我，也不盡是我。但作為一位戰後世代文藝青年，有我，也不盡是我的形象。這是一本極具私小說意味的小說，以十四短篇構成。從〈序曲〉到〈終章〉，呈現了某種人生經歷，並交織著情愛與文學的夢想。

私小說，在日本評論家小林秀雄的定義中，是「作者擺脫不幸的小說」；吉田精一則說是「以自己身邊的事情為題材的小說」；源於自然主義的私小說，從自然主義派，但不盡與自然主義畫上等號，在虛構與非虛構之間存在。

充滿作者主觀情感色彩的私小說，也被視為心境小說，有浪漫主義性格。志賀直哉說「有自己的影子，但不盡畫上等號。」我在寫作這一本書的篇章時，充分認知到這樣的質素，書裡的我是有其世代像和時代像的。

私小說作家被認為與社會無緣，但具有的反世代性，反映小資產階級知識分子自由的嚮往，也與軍國或黨國主義格格不入。在戒嚴條例下的台灣，正是這樣的時空背景。某種審美觀形成的心境，反映在小說的敘述調性和風格。

以本名李敏勇在詩之志業與評論領域，走過漫漫長路。其實，一九七〇年前後，我以「傅敏」筆名，也在報刊雜誌發表過一些短篇小說，一九九〇年代初以《情事》結集，在圓神出版。這是相隔數十年之後，再重拾小說之筆。

收錄在《情事》的短篇是一九七〇年代前後，我二十歲左右發表的作品，大多是青年過敏性的煩惱，沒有太多社會意識，記述的是我青年期的苦悶以及人生之境。是因為已故詩人、小說家、畫家施明正的慫恿才出版的，書後也收錄了他的一篇相關文章。他一直要我寫小說，再看過我從報刊剪貼下來的作品集後，他帶著鼓勵的心談我的作品。

但我一直沒有在他的期盼中寫小說。在詩與翻譯，詩閱讀以及文學、文化、藝術、社會評論的書寫持續不懈。直至二〇一五年，才動手寫作《私の悲傷敍事詩》篇章。這本私小說，從〈序曲〉開始，結束於〈終章〉，交錯地在自己的構想中書寫。在《自由副刊》、《聯合副刊》、《文學台灣》和《鹽分地帶文學》陸陸續續發表，歷經數年。期間有一些朋友察知到是我的作品，也給予鼓勵。《私の悲傷敍事詩》這本小說像一個戰後世代文學青年的自敍傳；更是私小說，呈顯一個戰後世代文學青年的青春腐蝕畫。有某種世代像和時代像。

以李紀之名，是在虛構及自敍傳的互映之中，尋求另一種形貌。既是私の回憶，也是詩的回憶。記述的另一個時代的成長故事。在李敏勇之外，另有更多的連帶，會讓《私の悲傷敍事詩》的作者論和作品論具有更多想像。

九　歌　文　庫　　1　3　1　6

私の悲傷敘事詩：一個詩人的青春小說

國家圖書館出版品預行編目（CIP）資料

私の悲傷敘事詩：一個詩人的青春小說／李紀著．-- 初版．
-- 臺北市：九歌，2019.10
面；　公分．--（九歌文庫；1316）
ISBN 978-986-450-261-5(平裝)

863.57　　108014866

作　　者——李紀
責任編輯——鍾欣純
創 辦 人——蔡文甫
發 行 人——蔡澤玉
出　　版——九歌出版社有限公司
台北市 105 八德路 3 段 12 巷 57 弄 40 號
電話／02-25776564・傳真／02-25789205
郵政劃撥／0112295-1

九歌文學網　www.chiuko.com.tw

印　　刷——晨捷印製股份有限公司
法律顧問——龍躍天律師・蕭雄淋律師・董安丹律師
初　　版——2019 年 10 月
定　　價——280 元
書　　號——F1316
I S B N——978-986-450-261-5（平裝）